在遥远的礁岛链上

I Havsbandet

August Strindberg

[瑞典] 奥古斯特·斯特林堡　著

王晔　译

中国国际广播出版社

绚丽多姿的"北极光"

——为"北欧文学译丛"作的序言

石琴娥

2017 年的春天来得特别地早，刚进入 3 月没有几天，楼下院子里的白玉兰已经怒放，樱花树也已经含苞待放了。就在这样春光明媚、怡人的日子里，我收到中国国际广播出版社文史编辑部主任张娟平女士打来的电话，想让我来主编一套当代北欧五国的文学丛书，拟以长篇小说为主，兼选一些少量有代表性的短篇小说、诗歌等，篇目为 50 部左右。不久之后，中国国际广播出版社负责人和张娟平主任又郑重其事地来到寒舍，对我说，他们想做一套有规模、有品位的北欧文学丛书，希望能得到我的支持，帮助他们挑选书目、遴选译者，并担任该丛书的主编。

大家知道，随着电子阅读器和智能手机的普及，越来越多的人通过电子设备来阅读书籍。在目前的网络和数码时代，出现了网络文学、有声书和电子书，甚至还出现了人工智能创作的作品，纸质书籍受到极大冲击，出版纸质书籍遇到了很大困难。有的出版社也让我推荐过北欧作品，但大都是一本或两本而已，还有的出版社希望我推荐已经过版权期的作品，以此来节省一些成本。而中国国际广播出版社却希望出版以当代为主的作品，规模又如此之大，而且总编辑又亲临寒舍来说明他们的出版计划和缘由，我被他们的执着精神和认真态度所感动，更被他们追求精神品位的人文热情所感动。我佩服出版社的魄力和勇气。面对他们的热情和宝贵的执着精神，我怎能拒绝，当然应该义不容辞地和他们一起合作，高质量、高品位地出好这套丛书。

大家也许都注意到，在近二三十年世界各国现代化状况的各类排行榜上，无论是幸福指数，还是 GDP 或者是人均总收入，还是环境保护或者宜居程度，从受教育程度和质量、医疗保障到养老、失业等社会保障，还有从男女平等到无种族歧视，等等，北欧五国莫不居于世界最前列，或者轮流坐庄拿冠夺魁，或是统统包圆儿前三名，可以无须夸张地说，北欧五国在许多方面实际上超过了当今世界霸主美国，而居于当今世界发达国家最前列，成为世界现代化发展中的又一类模式。

大家一般喜欢把世界文学比作一座大花园，各个时期涌现出来的不同流派中的众多作家和作品犹如奇花异葩，争妍斗艳。北欧文学是这座大花园里的一部分，国际文学中，特别是西欧文学中的流派稍迟一些都会在北欧出现。北欧的大自然，由于地理位置、自然环境和气候条件，没有小桥流水般的婀娜多姿，而另有一种胜景情致，那就是挺拔参天、枝叶茂盛的大树，树木草地之间还有斑斓似锦的各色野花和大片鲜灵欲滴的浆果莓类。放眼望去，自有一股气魄粗犷、豪放、狂野、雄壮的美。北欧的文学大花园正如自然界的大花园一样，具有一股阳刚的气概、粗豪的风度。它的美在于刚直挺立、气势崴嵬。它并不以琴瑟和鸣般珠圆玉润和撩拨心弦的柔美乐声取胜，却是以黄钟大吕般雄浑洪亮而高亢激昂的震颤强音见长。前者婉转优雅、流畅明快，后者豪迈恢宏、气壮山河。如果说欧洲其余部分的文学是前者的话，那么北欧文学就是后者。正如鲁迅所说，北欧文学"刚健质朴"，它为欧洲文学大花园平添了苍劲挺拔的气魄。以笔者愚见，这就是北欧五国文学的出众特色，也是它们的长处所在。

文学反映社会现实。它对社会的发展其功虽不是急火猛药，其利却深广莫测。它对社会起着虽非立竿见影却又无处不在的潜移默化作用。那么，北欧各国的当代文学作品中是如何反映北欧当代社会的呢？它对北欧各国的现代化发展是不是起了推动促进作用了呢？也许我们能从这套丛书中看到一些端倪。

北欧五国除了丹麦以外，都有国土位于北极圈或接近北极圈。北极光是那里特有的景象。尤其到了冬天夜晚，常常能见到北极光在空中闪烁。最常见的是白色，当然有时也能见到五彩缤纷、绚丽多姿的北极光。北欧五国的文学流派众多，题材多样，写作手法奇异多姿，犹如缤纷绚丽的北极光在世界文坛上发光闪烁。

北欧包括 5 个国家：丹麦、芬兰、冰岛、挪威和瑞典。讲起当代的北欧文学，北欧文学史上一般是从丹麦文学评论家和文学史家勃朗兑斯（Georg Brandes，1842—1927）于 1871 年末在丹麦哥本哈根大学所作的《十九世纪文学主流》算起，被称为"现代突破"。从 19 世纪的 1871 年末到目前 21 世纪一二十年代的 150 年的时间里，一大批有才华的作家活跃在北欧文坛上。在群英荟萃之中，出现了几位旷世文豪，如挪威的"现代戏剧之父"亨利克·易卜生，瑞典文学巨匠——小说家、戏剧家斯特林堡和荣获诺贝尔文学奖的第一位女作家、新浪漫主义文学代表塞尔玛·拉格洛夫，丹麦 1944 年诺贝尔文学奖获得者约翰纳斯·维尔海姆·延森，芬兰批判现实主义作家尤哈尼·阿霍以及冰岛 1955 年诺贝尔文学奖获得者哈多尔·拉克斯内斯等。本系列以长篇小说为主，也有少量短篇和戏剧作品。就戏剧而言，在北欧剧作家中，挪威的亨利克·易卜生开创了融悲、喜剧于一体的"正剧"，被誉为"现代戏剧之父"，是莎士比亚去世三百年后最伟大的戏剧家。瑞典的奥古斯特·斯特林堡所开创的现代主义戏剧对世界戏剧产生了重大影响。戏剧是文学的一部分，所以我们在选编时也选了少量的戏剧作品。被选入本系列中的作家，有的是北欧当代文学的开创者，有的是北欧当代文学中各种流派的代表和领军人物，都是北欧当代文学中的重要作家，他们的作品经历了时间考验。

在北欧文坛中，拥有众多有成就有影响的工人作家是其一大特色。有的还获得了诺贝尔文学奖，成为世界级的大文豪。这些工人作家大多自身是农村雇工或工人，有过失业、饥饿或其他痛苦的经历，经过自学成为作家。他们用笔描写自己切身的悲惨遭遇，对地主、资产阶级的剥削和压榨写得既具体细腻又深刻生动。正是他们构成了北欧20世纪以来现实主义文学的主流。在这些工人作家中最突出的有丹麦的马丁·安德逊·尼克索和瑞典的伊瓦尔·洛-约翰松等。对这些在北欧文坛上占有重要地位的工人作家的作品，我们当然是不能忽略的，把他们的代表作选进了这套丛书之中。

除了以上这些久享盛誉的作家外，我们也选了新近崛起的、出生于1970和1980年代的作家，如出生于1980年的瑞典作家乔安娜·瑟戴尔和出生于1981年的挪威作家拉斯·彼得·斯维恩等。他们的作品在北欧受到很大欢迎，有的被拍成电影，有的被搬上舞台。这些作品，虽然没有经历过时间的考验，但却真实地反映了目前北欧的现状，值得收进本丛书之中。

从流派来看，我们既选了现实主义作品，也不忽略浪漫主义、超现实主义和意识流的作品，力求使读者对北欧当代文学有个较为全面的印象。从作家本人的情况看，我们既选了大家公认的声誉卓越的作家的作品，也选了个别有争议的作家的作品，如挪威作家克努特·汉姆生，他是现代挪威、北欧和世界文坛上最受争议的文学家。他从流浪打工开始，1920年成为诺贝尔文学奖得主，晚年沦为纳粹主义的应声虫和德国法西斯占领当局的支持者，从受人欢呼的云端跌入遭国人唾骂的泥潭，而他毕竟是现代主义文学和心理派小说的开创者和宗师，在20世纪现代文学中扮演了承上启下的转型角色。我们把他的"心理文学"代表作《神秘》收进本丛书。这部作品突破传统小说的诸多常规要素，着力于通过无目的、无意识的内心独白，以及运用思想流、意识流的手法来揭示个性心理活动，并探索一些更深层次的人生哲理。1978年诺贝尔文学奖得主、美国作家艾萨克·辛格说："在我们这个世纪里，整个现代文学都能够追溯到汉姆生，因为从任何意义上他都是现代文学之父……20世纪所有现代小说均源出汉姆生。"我们把这位有争议的作家的作品选入我们的丛书，一方面是对北欧和世界文学在我国的译介起到补苴罅漏的作用，另一方面也可进一步了解现代文学的来龙去脉，以资参考借鉴。

20世纪60年代中期，瑞典出现了一种新兴的文学——报道文学。相当一批作家到亚非拉国家进行实地调查，写出了一批真实反映这些地区状况的报道文学作品。这批从事报道文学的作家大都是50和60年代在瑞典文坛上有建树的人物。如瑞典作家扬·米尔达尔是这种新兴文学——报道文学的代表人物之一，他的《来自中国农村的报告》（1963）成为当时许多国家研究中国问题的必读参考材料，被译成十几种文字多次出版。他的这本书材料详尽、内容真实、记载细腻而风靡一时。还有福尔盖·伊萨克松通过访问和实地采访写出了报道中国 20 世纪 70 年代真实状况的作品。这些文字优美、内容详尽的作品为西方读者了解中国起了很好的桥梁作用。他们的作品是在我国改革开放之前来中国写的，今天再来阅读他们当时写的作品，从中也能领略到时代的变化、改革开放的伟大成就。

总之，我们选材的宗旨是：尽量把北欧各国文学史中在各个时期占有重要地位的作家的代表作收进本丛书。本丛书虽有 45 部之多，是我国至今出版北欧丛书规模最大的一部，但是同 150 年的时间长河和各时期各流派的代表作家和作品之多比起来，45 部作品远不能把所有重要作家的作品全部收入进来。

本丛书中的所有作品，除了极个别以外，基本都是直接从原文翻译，我们的目的是想让读者能够阅读到原汁原味的当代北欧文学。同英语、俄语、法语等大语种翻译比起来，我们直接从北欧语言翻译到中文的历史不长，译者亦不多，水平不高，经验也不足，译文中一定存在不少毛病和欠缺之处，望读者多多包涵，也请读者给我们提出宝贵的建议和意见，便于我们改进。

本丛书能够付梓问世，首先要感谢中国国际广播出版社执行董事张宇清先生和副总编田利平先生，田总编是在本丛书开始编译两年后参与进本丛书的领导工作的，他亲自召开全体编委会会议，使编委们拓宽思路，向更广泛的方向去取材选题。没有他们坚挺经典文化的执着精神和开拓进取的勇气，这部丛书是不可能跟读者见面的。我还要感谢本书所有的编委，是他们在成书过程中做了大量工作，从选材、物色译者到联系有关国家文化官员和机构，都付出了辛勤的劳动。不仅如此，他们还亲自翻译作品。没有他们的默默奉献和通力合作，这部丛书是难以完成的。在编选过程中，承蒙北欧五国对外文化委员会给予大力帮助和提供宝贵的意见，北欧五国驻华使馆的文化官员们也给予了热情关怀，谨向他们致以衷心的感谢。对编选工作中存在的疏漏和不足，还望读者们不吝指正。

2021 年 10 月
于北京潘家园寓所

石琴娥，1936年生于上海。中国社会科学院外国文学研究所北欧文学专家。曾任中国－北欧文学会副会长。长期在我国驻瑞典和冰岛使馆工作。曾是瑞典斯德哥尔摩大学、丹麦哥本哈根大学和挪威奥斯陆大学访问学者和教授。主编《北欧当代短篇小说》、冰岛《萨迦选集》等，为《中国大百科全书》及多种词典撰写北欧文学、历史、戏剧等词条。著有《北欧文学史》《欧洲文学史》（北欧五国部分）、"九五"重大项目《20世纪外国文学史》（北欧五国部分）等。主要译著有《埃达》《萨迦》《尼尔斯骑鹅旅行记》《安徒生童话与故事全集》等。曾获瑞典作家基金奖、2001年和2003年国家图书奖提名奖、第五届（2001）和第六届（2003）全国优秀外国文学图书奖一等奖、安徒生国际大奖（2006）。荣获中国翻译家协会资深荣誉证书（2007）、丹麦国旗骑士勋章（2010）、瑞典皇家北极星勋章（2017）等。

根据阿尔伯特·伯尼尔出版社（Albert Bonniers Förlag）
1914 年版翻译

孤岛·浮标·赫拉克勒斯星座

——代译序

瑞典文豪奥古斯特·斯特林堡（August Strindberg, 1849—1912）以斯德哥尔摩多岛海为背景的小说有"礁岛三部曲"：第一部，中篇小说《海姆素岛居民》最具人气；第二部，《礁岛男人的生活》是短篇小说集；第三部，中篇小说《在遥远的礁岛链上》（*I Havsbandet*）被作家本人称为"伟大的新文艺复兴式的雷霆之作"。

大海的裙边，边界上的孤独

仅就书名看，第三部和前两部不同。看不到一个人或一群人，只见景观：一条礁岛链，编织出远离海岸线、那真正的宽阔大海的裙边，陆地和大海间界限模糊的区域。书名于瑞典文"在"字后只添一词，字面意思是"海之带"，实际运用中多了务实成分，指多岛海最外沿、最靠近大海的礁岛链。这个词，瑞典人一看到就能联想出画面，可在英语、日语、德语等语言中都缺乏对应，或为地理景观的特别所致，也反映出边界模糊的特征。斯特林堡定此书名不会出于随意，更可能是由小说的重心所决定。

一旦到了这个土地和海洋元素混合的远海区域，人"会觉得脱离了所有仁慈的保护……不得不到毁灭的正当中去，越过黑色海峡，往外，直抵那些看来比撒在海中的浮标大不了多少的小小岛礁"。抵达主人公的目的地东礁岛还需再航行一段。

按通常的认识，生命源于大海，陆地是人类栖息之所，人类借航海术才真正跨越海陆边界。前往外岛的阿克瑟·博毅装备了现代航海和气象仪器，正是要驯服那些充满野性的存在：汹涌的大海、遥远的礁岛、混沌的岛民。头脑睿智、神经纤细、富于责任感而追求科学与真理的博毅，因其优秀和刚正屡遭平庸的上司和同僚的排挤。这一次，他以渔业监管员的身份到东礁岩推广科学捕鱼法，好让岛民停止破坏生态，不至于溺于困苦，他还愿意传授其他生产、生活技巧，可岛民对他充满敌意和嘲笑。从城里来岛上度假的女子玛瑞尔被他所吸引，虽和他订了婚，却始终诋毁他的精神世界。博毅深受干扰，不再是专注于工作的精密机械。玛瑞尔和博毅的助手调情。博毅解除了婚约。玛瑞尔回城并与助手订婚。博毅在岛上陷入了更深刻的孤立，他的工作成果也让人窃取，被迫辞职而思想开始错乱。圣诞夜，他朝着赫拉克勒斯航行，在波罗的海汹涌的波浪里寻求树立永恒不败的精神的可能性。故事情节大致如此，而情节对斯特林堡这样的作家来说只能是表相而已。

小说出场人物约十个，除了男主人公博毅，就连出场频繁、有对话和近景的玛瑞尔也只是不丰满、不具体的虚景。读者只能借博毅的感官看到和听到其他人与景。博毅是不变的中心和唯一的人物。斯特林堡绝非不能描摹群像，在这部作品里，他似乎只醉心于聚焦天水间最孤独的、一个孤绝于他人和社会的人的视线，以及这个人脑子里永不停转的思想。这个人渴望过理解，依赖过孤独，孤独让他保持自身层次，不被拖入泥淖；孤独最终也将他拉向癫狂。小说人物分成两个阵营：博毅和众人，其间的争斗贯穿始终。

身为大剧作家的斯特林堡擅长冲突的营造。《海姆素岛居民》里有巨大冲突：大陆居民和海岛居民的、农耕者和渔猎者的、外人和土著的、男人和女人的。男主人公想树立身为工头的威信，刻意和其他雇工分开，单住于阁楼，可他终究是雇工。他和作为雇主的农妇、沦为岛民的牧师亦无本质上的层次差别。除最后几章里的死亡阴影，全书洋溢着乡村喜剧的谐趣。末尾，所有的冲突因男主人公葬身冰海以及牧师的劝解统统消融在解冻的大海里。

而在博毅的故事里，冲突始终被置于聚光灯下，无论岛民或市民、资产阶级或劳动阶级、知识分子或文盲，没有一个人和博毅处于同一知识和精神层次。全书缺乏和谐，不见喜色。直至最后一字，冲突也未化解，只有博毅如奔腾的涌浪最终要撞碎于岩石那样，朝远海奔去。

回顾书名所示，土地与海洋间、人类社区与荒野自然间的边缘地带也许正是和孤独者博毅最相配的景观。于荒野中，人将面临完全的孤独。于人群中，有的人会面临更巨大、更彻底的孤独。博毅和玛瑞尔接触后会精神透支，不得不逃到海上的无人岛，让身心重归秩序、重获活力。大海象征慰藉也象征孤独，是避难所也是危险区域，它是无边的圆，包围居于中间的那一小点——博毅，并随时能接纳他或淹没他。遥远的礁岛链，开放的海洋和礁岛建构的混合空间，斯特林堡用它构筑出一个文字小宇宙，在其中展示了边界的模糊、跨越边界的尝试以及边界的不可逾越。

精神或肉体，女性魅力与男性追求

东礁岛是陆地与大海、文化与自然、智者与愚民的边缘地带，也是男人与女人的边缘地带。斯特林堡一生不倦地书写男女的较量，在博毅的故事里，他也让男女处于不可调和的争斗中。男人的去势恐惧借玛瑞尔卧室的装饰画已得到暗示，那里是参孙和大利拉、约瑟夫和波提乏的妻子。一方面，斯特林堡或博毅有关女子生来比男子低劣的认识保守而错误，另一方面，对女人的鄙视和绝望催生出他们笔下和眼中的女人——作为肉体存在和性欲对象的女人。换言之，这样的女性或为现实存在，但难以排除男性视线的塑造。值得一提的是，带着这样居高临下的视线，斯特林堡不无深意地让小说中仅有的两个有名字的女性玛瑞尔小姐和岛民的老婆玛瑞有了几乎一模一样的名字。

36岁的博毅自认追求灵与肉的结合，指责玛瑞尔将他看作性对象，换个男人也行，她确实这么做了。然而，博毅究竟是将玛瑞尔看作爱的目标还是性欲的目标呢？第一次，仅仅听到声音的那一刻，他猜出是个女人，语言含糊而有讹误，只说树，叫不出名，和他精准科学的语言风格相悖，佐证了他对女性的认识：低下。终于看到了人，他立刻被她的姿态吸引。就是说他喜欢另一种语言——身体语言，而身体语言是带着性气息的。

究竟什么样的女性特质能诱发男性的追求欲呢？斯特林堡同时代的先锋女作家安·夏洛特·莱芙勒对此做过严肃的研究和书写，契机是其长兄、一个数学家对配偶的选择让她困惑：为何哥哥选择了一个在妹妹看来既无特别姿色、大脑又平庸得让人难以忍受的女子，而对另一个睿智且活泼的女性无感呢？安·夏洛特既有此疑问，一定不会接受性吸引法则无关智力、关乎男女生物密码的看法。她也没看博毅的选择，博毅始终鄙视玛瑞尔精神的贫乏，却克制不了他的肉体本能。换言之，他对灵魂的重视无法达到拥有精神本能的地步，上帝没有这样设定，没有让博毅因精神审美启动肉体激情。安·夏洛特也没能探究出一条有关女性特质和男性爱欲的真理，她的第二任丈夫则帮她举出特例。这位比她年轻十岁的未婚数学家，不顾贵族家庭和天主教会的压力，热烈追求四十出头、被闺蜜断言不具美貌的已婚瑞典异教徒。而博毅一眼认出玛瑞尔属于从不失手于诱惑他的那一类女性，知道她在精神上不能与己契合，已打算逃离——绝不可和这女人再有接触，但还是没逃成。他俩的情爱没能走过一段海边散步，半途，在海风中，博毅的大脑已清醒，心中的幻境和情欲已被吹走，此后是无休止的矛盾。这段关系失败的根本原因还是博毅内在欲望的矛盾，而这矛盾是不可调和的。

玛瑞尔的歇斯底里和博毅的孤独癫狂

女性与不可控情绪相连，这看法历史悠久，"歇斯底里"一词更源自希腊文的"子宫"。18世纪中期，女性图像已是狂野和性感相连。1895年出版的《歇斯底里症研究》则标识着以弗洛伊德为代表的精神分析对"歇斯底里"的理解从器官疾病转向心理深层。在36岁的博毅眼里，玛瑞尔是个歇斯底里的女人，"34岁的孩子"。博毅没有招之即来地与她喝茶，她会晕倒，晕厥是给博毅施加压力的方法。博毅则以高高在上的清醒，操纵了一场治愈晕厥的过程，一个彻头彻尾的心理暗示和控制过程。以治疗的名义，他备好药物，武装到手腕，戴上死去情人的手镯，踩着节点离开病人。玛瑞尔则以精神上的匍匐姿态求他垂爱。

玛瑞尔的歇斯底里失于陈腐，人物脸谱化，远不如《海姆素岛居民》中的农妇立体而丰满。那农妇两腿踩在土里，有赤裸的情欲、刀割的嫉妒、不懈的努力。这不单是斯特林堡未聚焦的结果，在一定程度上和玛瑞尔这个人，她习得的自己阶层的行为模式相关。她的一切，无论是调情还是对宗教和慈善的热心都流于上层社会妇女姿态性的表演，情感也是程式化和表演化的，就连她的疯狂也不值得大惊小怪：一会儿便好，过一会儿又扑通倒地。她不具备灵魂的疼痛，另一个男人的调情能让她立刻活蹦乱跳。歇斯底里是女性标签。精明和克制则是男性标签，博毅这样一个高度理性而自律的人，一旦癫狂却容易走上不归路。

就在创作博毅的故事的1880年代末，斯特林堡抛开社会主义和妇女运动问题，转向无神论，沉醉于尼采思想；受到舆论迫害、受到祖国瑞典排挤的他，走在疯狂的边缘。不久，尼采陷入癫狂。斯特林堡在剧作《父亲》里写过发疯的父亲，还有一部小说叫《疯人辩词》。博毅的故事没有自传色彩，博毅的癫狂里却流淌着斯特林堡的情绪。

正常和癫狂的边界不经意间就能逾越。博毅在被压制的性欲、无边的孤立和对立面的围攻下，伤口难愈，在工作和生活上失控。博毅的疯狂是挫败和孤独所致，也不乏性格深处的原因。

身份是军官和贵族的父亲作为地形学者开拓出一番事业，对世界有科学而宏观的了解，始终根据自己在社会中的处境规划人生而忽视个性。有用是"父亲"那一辈的规则或也是俗世始终不变的规则。博毅继承了其父的秩序和严格，却看重个性，发展了自己的精致和敏感，从不为升迁违背内心。到礁岛赴任为了相对自由于官场交集。他是蒸汽和电力时代出生和成长的新一代，生活的加速度加大了神经紧张，对科学的热爱和睿智的头脑使他走在现代化前沿。传统与现代、理性和敏感的矛盾足以成为疯狂的种子，破土而出才是保持平衡的唯一出路。小说到最后才让博毅暴露出癫狂，而斯特林堡此前已层层铺垫，让惊悚一次次闪现。

变出有伞松和大理石别墅的意大利风景——这原是讨好玛瑞尔的生日礼物。情势变化使得博毅给这浪漫礼物附加了排除工作障碍的任务：借短时间内对自然的把控，让女人及岛民意识到他们的愚昧，顺从博毅的指挥。博毅计划利用他们不理解的海市蜃楼施展魔术，再自揭谜底，让他们接受科学，特别是捕鱼的科学。在对自然及神灵的小小挑战里，博毅以为拥有天时地利，为的是普及真理，并无欺瞒之心，因而会十拿九稳。而这出把戏一开演竟由不得他了。自然中的小变数将意大利美景变成恐怖模样。他本可以解释，人们不给他机会，以为上天的惩戒已至。推广真知理当受人欢迎，现实中却会层层受阻，远不如装神弄鬼。业余传教者的口吐莲花则轻易吸引住所有人，让事态越发超出博毅的掌控。

早在意大利景观的准备工作基本完成时，博毅"变得特别沮丧，想起那个踩在一块面包上行走的女孩的黑暗故事，当那些白色海鸥在他头顶发出可怕的尖叫时，他想起那两只从天上飞来、把灵魂带向地狱的黑色渡鸦"。安徒生确实写过一个怕弄脏漂亮衣服的女孩，踩着母亲的面包，最终给拖进爬满蛇和蟾蜍的沼泽。残酷童话连接着心理创伤：童话的血腥情节对照"父亲"严禁童话的苛刻，地狱联想和博毅对基督教的否定相悖。不经意间，博毅越过了固守的防线。如果说建造意大利风景是一种控制自然的雄心，延续了地形学家父亲改造山河的壮志，博毅个人心灵的敏感则制造了坠入沼泽的危险。

也只有具备如此敏感的心灵的博毅能让浮标长成掏出身体的血红的肺，巨大的黑色支气管，斜斜地戳向空中。海浪沉降，大海深处传出一声咆哮，好像来自溺水的乳齿象的巨大鼻子。这幅令人毛骨悚然的画面是灭绝的隐喻，海洋深处永不消逝的号叫是包括人类在内的无数生物万年不去的疼痛。

故事进行到一半，斯特林堡下出一场大雾，让另一人物登场。中学同学以仇人面目和传教者身份在大雾中和博毅对阵。这人因少年博毅的一句刻薄话记恨了二十年，博毅对此原本浑然不知。这段看似分叉的情节缺乏逻辑上的必然，情感的逼真性却十分突出。博毅和这男同学的较量比之博毅和玛瑞尔的关系更加出彩。

博毅是在黎明时分驶向大海的，好让自己在长时间与玛瑞尔相处后缓过劲来。他驶入了一场大雾。起初，大雾如温柔的庇护给他慰安，继而把他的视线弄得愈发模糊。听得到风帆的声音，看不到它在哪里；看到桅杆时不见船体；鬼船终于现身，没有舵手；博毅在雾中呼唤，无人回应。大雾暴露出另一面目，暗示了一个走也走不出的俗世，又表现着一个看也看不清的未来。孤独的自己就在这里，敌人与世界就在周围，是迷雾的一部分。斯特林堡被认为有一定精神疾病，对其倾注了更多同情的看法是，同时代人对文学异见的不理解才逼迫斯特林堡有时不得不疯，癫狂是保持自我的唯一途径。异于常人的博毅没得到理解，他想在孤立中保持自我，势必也不得不借助常人眼里的疯狂。

失败和胜利，朝着赫拉克勒斯星座航行

群氓是否会处死英雄，粗鄙是否会驱逐精致呢？撇开小说里给岛民和女人贴上群氓和粗鄙标签、让他们对阵博毅这一设定里的政治错误不论，这应该还是可能的，耶稣不也被钉死在了十字架上。然而处死或驱逐是否意味着战胜呢？这取决于具体时空中对胜利的定义，而在当事人心中还有个自我裁定。

按尼采式道德生活的博毅对善恶的一般观念无感，他的道德感在于塑造自己的性格，保证行为和举止不侵犯他人权利，而产出的成果让他人受益。对义务和使命的热心让他难有瑕疵，无论受到怎样的报复，他总能化逆境为优势，在不同岗位做出不凡成绩。博毅的道德感不为既定价值观左右，也因此不易被人理解，更不能如玛瑞尔的伪善那样受人膜拜。极度的个人主义模式意味着，自认比岛民处于智识更高层的博毅，除了工作本不想也不能在精神上靠近岛民。这一次，他以为会像以前一样圆满完成使命。

除了精密而科学化的有序和自律的一面，博毅特别纤细和精致。穿鳄鱼皮靴，戴三文鱼色三纽扣手套，拥有精美收藏。海滩早餐上，他动用了欧洲各地搜来的古瓷器。玛瑞尔失手打碎了它们，起初紧张得大哭，很快破涕而笑，她认为打碎的不过是些旧东西，她完全不能领略其中的文化和美学价值。博毅对农舍的布置和装饰体现出对文明和美感的高追求。刚一入住就一刻也不能忍受屋子的空洞，

而装饰出带自己品位的房间——一座堡垒和司令部。后来，就是在这里，他盘算出对阵全部"敌人"的策略。斯特林堡花费大量笔墨描写杯碟和室内装饰，显然要强调博毅审美的精致。当感官和品位提升到这份精致时，就和他的另一份精致即长期禁欲一样成为乔装的颓废，很难得到理解，颓废是存活的阻碍。

于是小说处处显出不可融合与鱼死网破。开篇已是对决的热场。博毅坐在前往礁岛的小帆船上。在船上和海上，结实的海关男和矮小又脆弱、言谈举止有女人腔调的博毅间发生了权力转换。海关男拥有身体和经验上的绝对优势，掌控船舵。风浪增强后，海关男的勇猛因缺乏科学判断基础被博毅视为鲁莽。尽管先前不曾掌舵，博毅借助灵敏的脑机器预测海浪运动，靠物理规律带着船只顺利乘风破浪，海关男也心悦诚服。才智让博毅胜出。博毅掌舵之时，他的精美手套沿拇指根部爆裂。手套的撕裂仿佛在暗示博毅的内在弱点：精美也可能是致命伤。

优与劣、上风与下风极易解构。上岸的博毅没保住主导位置，他的意图一直被误解，人人都明白他的优越，也因此更嫉恨他。最终，他成了众人眼里的失败者和疯子，这一点，他从一开始就有预见：

"他是个什么与他被当作什么之间的不协调起初给了他一种滑稽感，后来，冷漠之后，敌意接踵而至，他察觉到了这不协调对自己精神的不良影响……他感到这许多指向他的看法，将拥有逐步拉垮他的力量，会在他的观点上强加上自己的价值，这个时刻会来临，他将无法再依赖自己以及自身精神的优越性，最后，那种认为他是傻瓜、他们才正确的人们的观点会占据他的大脑，强迫他和他们意见一致。"

最终被践踏的博毅颇有史诗英雄的悲怆：不是被强力压下，而是被"愚民"踩踏，女仆嫌弃他，孩子也对他吐口水。世人眼中，他是败者无疑。圣诞前夜，他突然清醒，出海，朝着赫拉克勒斯星座而去。这回光返照让博毅显出英雄本色：只要带着英雄的精神，即便赴死也依然是胜利，即便死亡也要死得像个英雄。直到最后，在博毅的心中都有个不变的判断：自己是最睿智有力的。

再说赫拉克勒斯是力量与智慧之神，性格和博毅一样兼有男女的特征。是他杀死九头蛇海德拉，是他扯下亚马逊女王的腰带，他以十二神迹建立功勋，可他最终因一个女人的愚蠢情感被毒死。曾希望为世界和人类奋斗，自认处于进化秩序最高点的博毅，以为借助知识和文明的帮助，定能居于优势，战胜困难和对手。玛瑞尔让他在众人前丧失威严，因为她，或者按照博毅的说法，因为父亲一直警告的"低级性欲"的驱使而在社会和工作中节节败退。以赫拉克勒斯星座为海标的航行，保全了不被理解的英雄精神。俗世的失败在另一时空的价值体系里其实是胜利。

我用"博毅"两字标注瑞典文"Borg"的发音，是想跟随斯特林堡对男主人公的塑造：博学而有强悍精神。博毅最后在海上航行时，浩渺海面上自然有浮标独在海里，那声音刺耳却给人警告的浮标。博毅先前就羡慕这独来独往的家伙，被海底石头束缚，白天和夜晚都在风与浪中。浮标的影像和博毅的影像有重合之处，正如浮标和孤岛的影像有重合之处。博毅对浮标那么深有感触，乃至看见了血红的肺和黑色的血管，只能是在无意识里看到了自己。

重叠的孤独和疯狂

就像博毅难获理解一样，《在遥远的礁岛链上》出版后未得喝彩。有人不能忍受斯特林堡将岛民等描述为群氓。而《瑞典日报》的评论预测：多数人读到一半会读不下去，指望看到《海姆素岛居民》那一类故事的人，这一次要面对哲学、心理学等思想的融合而密集的"大脑之战"；人人都想将意见强加于人并控制别人；女人被看作比男人低下；博毅作为智能超凡的理想形象，缺乏真实性。

平心而论，这些点评并非胡言乱语，以大众读物标准评判，《在遥远的礁岛链上》确可看成是失败之书。科学知识、哲学思考，对妇女和基督教的蔑视等都给作品的接受度造成障碍。至于博毅的真实性，与其说在于其他，不如说在于心理轨迹。

回顾小说创作的来龙去脉，斯特林堡于1888年5月给出版社写信，自称将推出一部具有新的、伟大的文艺复兴风格的"雷霆之书"。后来小说构想发生变化，创作一度搁浅。1889年6月，他再次致信出版社，表明这将是一本"真正的雷霆之书，发生在海岛，探讨时代最深刻的问题"。同一时期，他给友人乌拉·汉松写信，也提到了这本"沿着尼采和爱伦坡的足迹进行的现代小说"。

不能不提的是，1888年底的几个月里，通过丹麦文学评论家乔治·布兰登斯的介绍，斯特林堡和尼采通信并互赠作品，惺惺相惜。一向骄傲的斯特林堡视尼采为大师，信服如门徒，而尼采盛赞了斯特林堡的剧作《父亲》。

虽说在博毅的故事里斯特林堡未使用"超人"一词，1898年4月，在给一位瑞典作家的信中，他写道："Surhomme很好，特别是结尾处，对现实中缺乏所有基础的快速过度中的时代特征予以了否定。"Surhomme是法译本暂定名，意为超人。1909年斯特林堡再次这样谈论这部小说："尼采的哲学产生了影响，但个人在追求绝对个人主义的奋斗中倒下了。"然而，与其说小说的关键词是"超人"，不如说还是孤独，哪怕那是超人的孤独。

自称瑞典最炽烈的火焰的斯特林堡性情独特，这类作家通常更喜独处。斯特林堡却和各界充分接触，不畏冲突。他认为孤立而隔绝的生活严格来说不可能发生，若周围没人，就得有书籍或大量回忆材料反刍。作家和自己的句子独处是和四面受敌一样可怕的事，是被压迫和被囚禁。他也相信孤独会带来恐惧，过分的恐惧是孤立和疯狂的起因。

另外，从青年时期的作品《被放逐者》到最后一部作品《大路》，孤独是斯特林堡的主要议题。1890年的这部《在遥远的礁岛链上》描绘博毅被孤独逐入癫狂。1895年8月，斯特林堡在给友人的信里提及创作中的小说《地狱》，"主题与《在遥远的礁岛链上》一样，写个人在孤独时的毁灭"。在《地狱》中，斯特林堡记录了自己在疯狂边缘行走的脚印，书中有一段"我"与岳母的对话：

> 我母亲：不幸的，在以前的化身中，你都做了些什么，命运要以这种方式虐待你？
> 我：猜！你想想一个人，先和别人的妻子结婚，就像我，再和她分开，好娶一个奥地利女人，就像我！而后，人们从他身边扯走他的小奥地利女人，就像人们扯走我的，而他俩唯一的孩子给藏在波希米亚林山的坡底，就像我的孩子。记得我的

小说《在遥远的礁岛链上》里的英雄吗，在大海中的小岛上毁灭的那个……

1903年的小说《孤独》仿佛作家的实况报道，从例行的早晨穿过斯德哥尔摩安静的街道和公园的步行后回家："当我……坐在办公桌边，我就活了……我活着，和我描绘的许多人一起活着；和那些开心的一起开心，和邪恶的一起邪恶，和善良的一起善良；我从自我中爬出来，从孩子们的、妇女们的以及老头儿的嘴里说话；我是国王和乞丐……"

在斯特林堡写作博毅的故事的过程中，1889年，尼采精神病发作。此前斯特林堡也已陷入精神危机，尼采的崩溃使斯特林堡愈发孤独，离婚危机也造成了巨大的精神压力，这些都不可避免地给博毅的故事带去影响。

艺术家和文学家中不乏天赋高超、过度敏感而具有精神病特征的人。斯特林堡运用自己的体验描绘天才在孤独中的毁灭，在一些知识分子中赢得了知音。斯特林堡的生平一般以其精神上的《地狱》危机分为此前与此后，《在遥远的礁岛链上》也被部分拥戴者看作前期的最重要作品之一。

此外，斯特林堡在这部小说里呈现出前所未有的恢宏海景，岩石、海鸟、海鱼、海浪和海水的声色都被细密地考察和描绘，客观而科学，全部渗透博毅的思考，这思考带着感情和诗意，有哲学的深度，融合进化论和基督教的辩论和对照。消化起来不轻松，却是不可多得的盛宴。独特的意象、修辞和节奏展示出斯特林堡丰沛的想象力和创造力。关于创作能力，斯特林堡在1908年如此解密：

"从发酵或者说某种愉悦的发热开始，转为恍惚或陶醉。有时，它像生长的种子；会吸引所有兴趣，消耗一切经验……有时，我认为自己是某种媒介，因为它进行得很容易，一半无意识，有点巧算计！不过，这最多持续三小时……它结束后，就又变得无聊！直到下一次。"

关于《在遥远的礁岛链上》的价值，斯特林堡深信不疑，多次强调它是"最勇敢的"。他在给奥地利等地的翻译家的信中，称这部小说"是我最成熟的书写……我42岁的人生经验"，作为群岛系列中最重要的一部，它"表达了努力解决社会问题后的绝望，那些问题没法解决，除了通过无意识的自然力赌博"。1894年，他再次宣称该作品为杰作，对评论界的冷遇嗤之以鼻："我越是写得好，越是研究得深入，我的创作就越不被看好。"作家得意的未必受众喜欢，这种情况并不少见。

有丹麦评论家瓦尔德玛·维德尔于1891年在《北欧杂志》撰文盛赞作品的诗意价值，认为其中对生活和社会的看法十分新鲜。让原生自然自由发挥，抛弃偏见和伪善的想法难能可贵。大脑的搏斗富有价值。对大海和群岛景观的敏锐观察更是出自天才的眼光。而瑞典南方的《克里斯琴报》于1890年登载了一篇未曾署名，但被推定是由记者和作家埃米尔·克林撰写的书评，书评认为，无论读者原本抱有怎样的美学、伦理和道德观点，都无法否认斯特林堡精湛的自然描写，文学侏儒们不得不深深弯腰，承认这是艺术和天才的胜利。

然而这样的声音在当时的众声喧哗中还是微弱的。如此，这部小说及作家的境遇和博毅的孤独、癫狂、毁灭或胜利也成为叠影。小说中译本即将出版，相信它很难得到追捧，但一定会遇到几个一眼能认出彼此的灵魂的同类。

　　王晔，作家、翻译家。瑞典作协会员。著有散文和短篇小说集《看得见的湖声》《十七岁的猫》，文学评论集《这不可能的艺术》等；译有小说《格拉斯医生》《海姆素岛居民》《尤斯塔·贝林的萨迦》等。《万象》《文汇报·笔会》《书屋》等报刊作者。在《文艺报》设有文学专栏"蓝翅街笔记"。2016年获得瑞典学院翻译奖。2019年获得中国"出版人杂志"主办的书业年度评选文学翻译奖。

第一章

五月的一个夜晚，一条鲱鱼①船在外海的鹅石湾近风②而立。因为三座金字塔而在海岛一带远近闻名的罗科纳③正开始变蓝，而那清澈的天幕上，太阳开始沉降时，云已形成；海水已在岬外飞溅，横帆上恼人的拉扯表明陆风很快将被来自上端、海上和船后的新形成的气流打散。

舵柄那儿坐着东礁岛的海关主管，一个生着一把黑而长的络腮胡子的大汉，他看上去时不时地在与两个坐在前头的属下交换眼神，其中一个照管着带钩的杆子④，好让大大的横帆保持迎风状态。

有时，舵手朝蜷缩于桅杆边的小个子绅士投去探寻的一瞥，这位绅士看似又惊又冷，不时地将围巾更用力地朝自己的腹部和下身拉扯。

海关主管一定觉得小个子惹人发笑，因为主管频繁转身到背风处，摆出一副嘴里有夹裹着烟草的唾液、要啐上一口的样子，好啐掉一个逼近而来的笑。

小个子绅士穿着一件海狸色春大衣，其下露出一条宽

----

① 这里的鲱鱼是大西洋鲱鱼中体格偏小的波罗的海小鲱鱼。

② 近风以及下文的迎风都是航海用语，显示船和风的角度关系。

③ Rökorna，斯德哥尔摩多岛海中的三座岛屿。

④ 一根带爪子或钩子的杆，一端插入横帆前缘的环里。

大的苔绿色裤子，裤子正落在一双鳄鱼皮靴的上缘，靴子上端的褐色皮绒面上带着黑纽扣。内衣几乎看不见，不过在脖子周围，他绕了一条奶油色绸巾。他的手由一副三纽扣的三文鱼色小山羊皮手套好好地保护着，右手腕戴着一根粗粗的金手镯，而金手镯雕成了一条咬住自己尾巴的蛇。手套下看得出手指处的隆起，像是有戒指。脸孔，就能看到的来说，瘦削又苍白，一小撮稀疏的黑胡子边缘上翘，加大了脸孔的苍白，显出些异国风。帽子朝后戴着，让黑色的、齐刷刷剪开的刘海看起来像无边圆帽的一部分。

最能抓住且不倦地抓住舵手注意力的是手镯、胡髭和刘海。

从达拉岛开始的长途航程里，他这个大幽默家试图和要航行到东礁岛去执行所接受的使命的渔业监管员①开始一场愉快的交谈，可那位年轻博士对那些套近乎的风趣显现出伤人的无感，这让海关男人确信，"监管员"相当傲慢。

不管怎么说，当他们迎风穿过杭斯腾岛时，风力变强了，有生命危险的航行生动起来。手拿绸质海图坐着，在自己不时扔出的问题后做了记录的渔业监管员，此刻将海图塞入口袋，转身对舵手说话，那声调与其说是男人的，不如说是女人的：

"请稍微小心点驾船！"

"监管员怕了？"舵手回答，嘲笑着。

"是，我在意自己的命，这一点我会坚持。"监管员答道。

"不在意别人的？"舵手又顶上一句。

---

① 渔业监管员负责提供有关渔业经营的建议，监督渔业法规的执行。

"至少不像对我自己的命那么在意，"监管员反驳，"航海是桩危险活计，特别在使用横帆时。"

"哟！那么先生是经常使用横帆航海的了，以前？"

"平生从未体验过！不过我当然看得出风给哪儿带来压力，算得出船重能给出多大的反作用力，完全明白什么时候船帆会后转。"

"那么，自己坐在舵边得了！"海关男人半呵斥着。

"不！那儿是海关主管的地盘！给国家办事途中，我不坐马车夫的位置。"

"当然，根本就不会航海嘛。"

"如果说我不会，要掌握航海技术自然非常容易，每个男学生都会，每个海关下级职员都会——不会航海丝毫不让我感觉羞耻！就小心地航行吧，我可不想变得湿漉漉的，也不愿弄坏我的手套。"

这是指示。本来怎么都算得上东礁岛最厉害的"那只公鸡"的海关男人，感觉到自己有些被罢免了的滋味。船舵动了动，帆又鼓了，船速飞快，稳定地朝着礁岛航行，那上头的白色海关小屋在落日光芒照射下耀眼地闪着光。

内群岛渐渐消退，往外海抵达了这一片巨大的、如今无边展开着自己、朝东而黑沉沉地威慑着一切的水面时，人会觉得脱离了所有仁慈的保护。没有爬上小岛或礁岩好躲在避风之处的希望，没有在暴风来临时收帆的可能，往外海去，人不得不到毁灭的正当中去，越过黑色海峡，往外，直抵那些看来比撒在海中的浮标大不了多少的小小岛礁。

正如前面所说的，渔业监管员强烈关心自己的性命，他够聪明，能估算出自己微不足道的抵抗力应对不可战胜的自然那无法计量的威力会是什么结果，因此觉得沮丧。36岁的他有着过于清晰的眼光，不会高估舵边男人的见识和勇气。看起来他对那张棕色面孔和那副大络腮胡子毫无信心；他也不相信一条肌肉发达的胳膊能在那股给摆动的帆带来数千碗磅①压力的风跟前占得什么优势。他看穿了这样的胆子不过是基于有缺失的判断。真傻，他想，明明有甲板船和蒸汽船的，却把自己的命置于一条小敞船上冒险。这是多么难以置信的愚蠢，于一根云杉桅杆上升起一张如此大的帆，强风吹进时，桅杆曲起浑如一张弯弓。背风桅索松了，前桅索也一样，整个风压全倒在看来甚至已经烂了的迎风桅索上。把自己交给几根麻绳或多或少的内聚力这一不确定的因素，他可不愿意，因此，在紧接而来的强风中，他转向坐在升降索边的海关低级职员，以简短而有穿透力的声音命令："把帆放下！"

海关低级职员看着船尾，等待舵手的指令，然而渔业监管员的命令在眨眼间得到重复，随着这样的强调，帆落了。

这会儿船尾的主管喊叫起来。

"是他妈谁在我的船上指挥？"

"我！"监管员回答。

接着，他转而对海关低级职员下达新命令：

"把桨伸出去！"

几支桨伸了出去，船晃了几下，因为海关主管在愤怒中离开船舵并且宣告：

"行啊，那就愿他自己能掌舵吧！"

---

① 碗磅，瑞典古重量单位，一碗磅约425克。

监管员马上占据了船尾的地盘，海关主管未及停止咒骂，舵柄已到了监管员的胳膊底下。

小山羊皮手套立刻在大拇指接缝处裂开，不过，就在海关主管带着络腮胡里的笑坐着，一支桨准备好随时推出、给船开道时，船匀速向前了。渔业监管员丝毫不注意那带着怀疑的水手，只入神地盯着迎风侧，他能很快分辨出一个几米高的长谷般的涌浪，分辨出带短瀑布而被风吹起的浪，其后，他朝船尾匆匆扫视就测出了风压差，注意到尾流里水的流向，他已完全清楚，要避免漂离东礁岛得走哪条道了。

主管试了很久，想迎上那黑色的、燃烧的眼神，希望那眼神注意到自己的笑容，可他很快就疲惫了，因为那双眼睛看起来不想从他这里接收什么，似乎要保持干净，远离任何可能搅扰或弄脏它们的东西。乞求了一阵，主管泄了气，心不在焉地观察起船上的部署。

此刻太阳已落至地平线，浪花崩裂，底部紫黑，边缘深绿，浪头升起的最高处亮着草绿色，泡沫喷吐，在阳光里染成红香槟色。载着男人们的船这会儿低低地沉入暮色里，在一个瞬间居于浪峰之巅，四张脸亮了，又立刻熄灭。

并非所有的浪花都会崩裂，有些只慢慢滚动向前，轻摇着船儿，提起它，又往前推着它。似乎那小个子舵手从远处便能判断出一个碎浪何时到来，他轻推舵柄，或保持航线，或有所偏移，或潜行在那可怕的、威胁着飞奔向前、要在船上击打出自己的拱门的绿墙之间。

事实上，帆被取下后，危险确实增加了。因为驱动力减弱了，人得在没有风帆提力的情况下航行，因此，对于这难以置信的良好操作，海关主管的那份吃惊开始转为崇拜。

他看着那张苍白面孔上变化的表情和那双黑眼睛的转动，感觉那里头隐藏着某种更综合的盘算。然后，为了使自己看上去不那么多余，他伸出自己的桨，觉得机会来了，想在它溜走前表达诚挚而自发的善意：

"他以前在海上待过！"

部分是因为正忙得不可开交，部分是因为不愿和海关主管有任何交集，监管员不想为一个受惊的瞬间的软弱而被这个战斗者外表的超强愚弄，于是没做任何回应。

他的右手手套沿着整个大拇指完全裂开，手镯也掉了下来。光辉从浪尖褪去，暮色降临时，他用左手掏出单片眼镜搁在右眼上，对着航海罗盘上的好多条纹迅速移动脑袋，好像在察看陆地，而没有陆地可见。于是，他抛出一个溅着水花的问题：

"东礁岛没有灯塔吗？"

"没有，上帝知道。"主管回答。

"那么，我们有没有可能碰上暗礁？"

"完全是水。"

"但是能看到兰德斯奥特和桑德哈姆的灯塔吗？"

"桑德哈姆的看不清，不过兰德斯奥特的那个清楚些。"主管说。

"坐在原地别动，我们会走对。"监管员结束对话，他似乎借助三个男人的头以及远处几个不明固定点确定了位置。

云已聚，五月暮色被半黑占据。就像在某种轻薄而不透明的物质里摇摆，没有光线。只有在更黑暗的影子对着空气半暗的影子时，海浪才会升起。它们向着船底举头撞击，让船儿在浪脊上给抬起，弹到另一边，在那儿滚动着给推开而变得扁平。然而此刻，把朋友和敌人分开变得更难了，测算更难以确定了。两支桨在避风侧伸出去，一支桨在迎风侧，这多少带来一些力量，在对的瞬间保证船儿漂浮。

除了北面和南面的两处灯塔，很快就会什么也看不见的监管员必须用耳朵代替眼睛，然而在他习惯于海浪的咆哮、哀叹、嘶鸣，习惯于区分一个碎浪或风卷的波浪之前，水已进入船内，他不得不将两腿搁在坐板上来保护自己考究的靴子。

不过，很快他已研究了海浪的和声学，甚至能从浪涌有规则的节拍中听出危险的迫近，当海风压得更强烈、威胁着要把浪头卷得更高时，他感觉到右耳的鼓膜，像是他演奏着自己那敏感的知觉的航海和气象乐器，连着脑电池的电线完全裸露，只是让那小而可笑的帽子和一刀切的黑刘海遮住了。

在海水侵入的那一刻吐出粗暴言辞的男人们，感觉到船如何在向前猛冲后平静了下来，听从每一个号令：迎风或背风，明白他们在哪一边，该怎么做。

监管员借助那两座灯塔进行定位，把他的单片眼镜当成了望远镜，但保持船只航线的难度在于，礁岛上木房的窗户里没有任何光亮，因为房子建在石坡背风处。如今这危险的航行已进行了一小时或许更久，前方地平线上露出一片黑色高地。那个不愿让可疑的建议干扰，更相信自己的直觉的舵手保持着沉默，他觉得那该是礁岩或大石块，他安慰自己，抵达一个固定的地方，不管那是什么，总比漂在空气和海水间要好。然而，那堵黑墙以比船只更快的速度逼近，以至于怀疑在监管员大脑中苏醒，他觉得航线有些不对。为确认那到底是个什么东西，同时也给出信号，万一那是一艘船，一艘没点灯的船，他掏出自己的风暴火柴盒，点上一整盒，在半空高举了片刻，再扔掉，这样它们在船的周围照亮了几米远。亮光只穿透了黑暗一秒，不过，那个图像像一盏魔术灯在他眼前停留了好几秒。他看见漂流的冰块撞击岩石，波浪碎于石块，像巨大的石灰岩上的洞穴；他看见一群长尾鸭还有海鸥带着无数尖叫飞起，然后，沉于黑暗。碎浪景象在监管员面前呈现出一具棺材的视觉印象，里头将躺着被宣告死亡的分割了的尸体，他感受到这一想象中寒冷和窒息的双重剧痛。然而，麻痹他的肌肉的苦痛反而唤起了灵魂潜藏着的所有力量，让他在顷刻间准确算出危险的大小，算出逃生的唯一办法，于是他喊出一声指令："停！"

背朝波浪而坐、没察觉到这一切的男人们歇在桨上，船给吸进约三四米高的碎浪。浪在船只上方的高处裂开，像一座瓶绿色穹顶，带着全部的水往下坠于另一边。船的另一侧就像吐过一样，一半是水，而船中人让可怕的气压弄得半窒息。有时能听见三声哭号，像做了噩梦的睡眠中人，而那第四个，舵柄那儿的男人，则沉默着。他只是用手指了指礁岛，看得见在不过几链①外的背风处有灯光闪烁，于是他沉到船尾柱下，躺下了。

船停止了起伏，因为已进入顺水，所有桨手都坐着，似乎醉着，点了点如今已不需要的桨，船缓缓地由顺风推进了码头。

---

① 链，海上测距单位，约为十分之一海里或100英寻。

"船上有些什么，好伙计们？"道了声让一阵风吹跑了的"晚上好"之后，一个老渔民询问。

"是渔业监管员！"海关主管一边将船拉到一间船屋的后头，一边嘀咕。

"是吗，一个想来窥探渔网的！好吧，祝他如愿以偿！"渔民乌曼说，他像是这岛上穷困而稀疏的住民的头儿。

海关主管等着监管员上岸的表示，可他看不到艉柱那儿躺着的小东西有任何蠕动，便担心地爬进船，双臂抓住那具衰竭的身体，将其抬上了岸。

"他完了？"乌曼问，带着一点但愿如此的意思。

"差不多。"海关主管说着，拖住那潮湿的重负往房子里去。

魁梧的海关主管跨进兄弟的厨房的情形里有某种巨人和小拇指的味道，弟媳站在炉边。他在沙发上放下那具小身体，一丝对弱小之人的同情浮现于低额头下的大胡须上。

"看，这是我们的渔业监管员，玛瑞。"他和弟媳打招呼，随后在她腰上搂上一把。"现在来帮帮我们，拿点干的给他擦擦，送点湿的进他嘴里，他好进自己的房间。"

躺在坚硬的木沙发上的监管员看上去是一具悲惨而可笑的形体。白色衬衫高领在他脖子周围扭成了一块破布，右手手指全部从裂开的手套那儿露出，软化的袖口耷拉着，上头沾着溶解的淀粉。小鳄鱼靴失去了原有的光泽和形状，主管和弟媳费了很大的劲才将它们从脚上脱下来。

主人们终于脱掉了"失事船只"身上的大多数衣服，给他盖上一条毯子后，拿来了煮牛奶和烈酒。而后，一人摇着受苦者的一只胳膊，主管用自己的胳膊抵起小个子的身子，在他闭着的眼睛下、张开的嘴巴里慢慢地注入牛奶。

不过，当弟媳要给他灌下烈酒时，那气味似乎对监管员起到了速效毒药的作用。他抬起一只手推开玻璃杯，而后睁开眼，完全清醒了，似乎刚结束一段补充精神的睡眠，他问起自己的房间。

房间自然还没收拾好，不过约一小时后会好的，只要他愿意在这儿静躺着等待。

于是监管员躺在那里，消磨无法忍受的一小时，让眼睛在房子乏味的陈设和住民间移动。这是政府给东礁岛小海关的主管免费使用的屋子。几乎什么都没有，安置得和头顶的天花板一样。白色而未贴壁纸的墙面抽象得正如国家的构想，四个白色四方形围成一个房间，为一个白色四方形覆盖。与个人无关，生硬得好像旅店，不是用来居住，而只是寄宿用的。为了接班人或政府贴上点墙纸，这位主管和他的前任都没这份心。而在这死一般的白色正中，立着暗黑、劣质、半摩登的、工厂生产出的家具。一张带松树结的圆饭桌上有核桃木染色剂，满是白色的、挂碟子的弹簧圈。几把同样材质和纹路的椅子，高背、歪斜，在三条腿上轮番晃荡。一张坐卧两用的长沙发，好像一件用最少的料和最低的价做出的男子成衣。一切都不合适，没有什么东西能满足邀人休息或感觉舒适的目的，也因此不好看，尽管他们贴了纸质装饰物，还是十分难看。

海关主管将他硕大的屁股坐进一张藤条椅，当庞大的背抵住倚靠时，椅子立刻发出一阵恼人的吱吱声，还有弟媳愠怒的训斥——小心别人的东西，主管却用一个放肆的拍打来回嘴，接着是一道眼神，确定无疑，这两人有一腿。

整个屋子给监管员带来的压迫感因为这一不和谐的发现而加剧。作为自然研究者，他并没有那些允许和不允许的常规概念。然而，对于刻意制定的自然法则，他有强大而鲜明的直觉，看到自然的指示遭到违背，内心会很不舒服。对他来说，似乎在他自己的实验室里有这么一种酸，自创世起通常只和一个盐基结合，可现在竟然违抗自然法则，和两个结合上了。

在他的思绪里运转着从普遍杂交到一夫一妻制的进化，他感觉自己走回远古时期，和过着珊瑚般生活的野人部落在一起，是选择和变异能承载个体的存在和血统之前的群居状态。

当他看到一个有着过于硕大的头和一双鱼眼的两岁女孩踩着猫步在屋里走来走去，怕被人瞧见似的，他立刻意识到，那可疑的血统撒下了纷争的种子，似乎是毁灭性的，会惹出事端。而他能轻易地算出，那个时刻一定会来，那时，这个活着的见证人会让所有的人得到惩罚：一个危险的见证人非自愿的罪过的惩罚。

他还在这些思绪中时，门给打开了，作为一家之主的男人进来了。

那是海关主管的弟弟，还停留在下属的杂工位置上。体格上他生得比主管还魁梧，不过他金发白肤，带着开放、友好而充满信任的表情。

招呼上一声愉快的"晚上好"之后，他挨着自己的哥哥在桌边坐下，抱起孩子放在自己的腿上，吻她。

"我们有客人！"主管知会着，指了指监管员躺着的沙发，"要住在楼上的渔业监管员。"

"哦，是他吗？"韦斯特曼说着起身去和监管员打招呼。

他把孩子抱在臂弯里走近沙发，因为他是这里的主人，未婚的哥哥只是和他吃住在一起，他觉得自己必须对客人表示欢迎。

"我们这儿简陋，"他说了些祝愿的话之后补充道，"不过我老婆不是完全不懂烹调，三年前嫁给我之前，她在一间更好的屋子里当过差。可我们有了小家伙以后，她有别的事需要费神。没错，有人帮，就会有孩子——是有这说法，我倒是没像这话里说的那样需要帮助。"

监管员吃惊于长句子突然的转弯，他问自己，这男人是否知道了什么，还是说只不过觉得哪里出了点问题。监管员自己可是十分钟内就看出了一切——对问题好奇的人怎么可能几年还弄不明白呢？

监管员受困于对整件事的厌恶，转向墙面以便合上眼，用脑子里更愉悦的大自然的图景打发剩下的半小时。

可他没法让自己耳聋，反而违背意愿地听见了一通对话，刚才还很生动，艰难向前似乎字眼出口前拿折尺量过，出现沉默时，便由那丈夫填补，那人似乎对沉默深恶痛绝，怕听到不想听的，而在自己的言语之河迷醉自己之前，他又无法平静。

一小时终于结束却还没关于房间的说法，监管员起身问："弄好没有？"

"好了，"女主人说，"某种程度上是好了，不过——"

监管员以一种命令的语气要求立刻把房间收拾好，并用得体而威严的言语提醒他们，他可不是自己要来住进这里头的，也不是谁的客人，而是带着政府指定的任务前来，只是在要求自己的权利——他可以得到这些，因为发自民事部门的照会已通过国税总局送到达拉岛皇家海关了。

于是事情立刻给理顺了，韦斯特曼握着一支蜡烛，跟着这位严肃的绅士上楼到山形墙卧室，那里的摆布没有一样能解释竟然要拖沓一个小时。

一个挺大的房间，和楼下一样，墙是白色的，大窗户在长墙正当中打开，像一口黑洞，黑暗从洞外流入房间，没受任何窗帘的阻挡。

有一张床已在那儿铺好，简单得似乎不过是地板上的一个隆起，好阻止穿堂风；一张桌子、两把椅子、一个盥洗柜。监管员带着绝望的眼神朝自己周边环顾，惯于饱眼福的他，如今只见稀疏的生活必需品给移植到了这空房间，在这里，牛脂蜡烛对抗着黑暗，大窗户似乎要消耗燃烧的牛脂蜡烛产生的每一束光线。

他觉得自己是那么迷茫，似乎朝着雅致、地位和奢侈向上奋斗了半生之后，他跌入贫困，进入一个低阶层里，似乎他热爱优美与智慧的感性给投进了牢房、剥夺了营养而进入一所刑罚机构。裸露的墙宛如中世纪修道院的静修室，那里有禁欲主义的图景，环境里的空无催促饥饿的幻想噬咬自己，招致更亮或更暗的幻象，只为从空无中挣脱。墙面石灰里的苍白、无形也无色的空无强迫出一个要想象出某个图景的驱动力，那是野人洞或枝叶窝棚永不会唤起的，是具有永远转换的颜色和移动的轮廓的森林无须在意的，一个想象出图景来的驱动力向前推：平原不会有这样的驱动力，有着天空色彩丰富的变幻的石楠荒原不会，永不疲倦的大海也不会。

他立刻感到一个发酵了的欲望，要在瞬间拿起带棕榈和鹦鹉的阳光明媚的风景涂满墙面，将一条波斯毯展开在天花板上，在账本一样有线条的木地板上铺上兽皮，把转角沙发置于角落，前头摆上小桌，在满是书刊的圆桌上方挂一盏吊顶灯，对着短墙架起钢琴，以一排书架装饰长墙，在沙发角竖一座小小的女体雕像，无论是谁！——就像桌上的蜡烛对抗黑暗，他的想象反抗着房间的陈设，然而，想象失去掌控，一切都消失了，周围瘆人的一切把他吓上床，接着，他灭了烛火，拉过毯子盖住了头。

风摇撼着整个山墙，水罐碰着水杯咔嗒咔嗒响，风儿从窗户到房门再穿过房间，时不时抚摸着他已被海风吹干的一缕头发，他觉得像有人用手摩擦他的头，而在交响乐团的定音鼓般的狂风呼号间，礁岛南边的岬上，碎浪冲击着悬崖。当他终于开始习惯风和浪单调的声音，就要入睡前，听见楼下一个男人的声音，那是在为一个孩子做晚祷告。

❧ 第二章 ❧

　　在前一天的劳顿和强海风带来的死一般的睡眠之后，早晨醒来，朝被子外头看，监管员首先察觉到一份不可捉摸的寂静，辨别出耳朵捕捉了一些通常不曾留意的微小声音。他听见呼吸后被单抬起它自己时每个小小的蠕动，他听见头发和枕套的摩擦、颈动脉的搏动、摇晃的床以极小的规模重复着心跳。他听见了静寂，因为风已完全平息，只有涌浪朝沙滩洼地里受挤压的空气重击，每半分钟会来一次。从窗户正对着的床上，透过窗玻璃底部，他看见某个如半截蓝色百叶窗帘的东西，比空气更蓝，缓缓朝着他持续移动，仿佛想从窗户那儿进来，溢满房间。他明白那是大海，可它看起来那么小，立起身来如一堵垂直墙而不像水平表面那样伸展，因为那些长长的涌浪已完全被太阳点亮，没给出丝毫能让眼睛形成一幅透视图的阴影。

　　他站起身，穿上几件衣服，再打开窗户。室内粗粝而潮湿的空气冲了出去，从海上飘来了一股数小时前就让灿烂的五月太阳弄暖的温室空气。窗下，他只看见一块块磨损得开裂的石板，裂缝里躺着沾满灰尘的小飘雪，旁边盛开着细小的白色黑麦花，它们在地衣之床里得到了很好的保护，而那贫寒的后娘花①，淡黄色像是因为挨饿，蓝紫色

―――――――――――――

　　①　三色堇，在瑞典俗名后娘花。

015

像是因为受冻，对着第一缕春阳，托举起土地的贫瘠颜色。远远的底下爬着号石楠，岩高兰俯视着悬崖，岩高兰下是一堆被大海粉碎出的白沙，沙堆让散乱四处的沙燕麦茎堵住；一条海藻带像白沙上的黑腰带或下摆；最上头的几乎都是骨黑色，那是去年的海藻，里头卡着贝壳、针叶、树枝、鱼骨；朝着大海的那一侧是橄榄棕色、最新鲜的海藻捆，卷曲又打结，形成对着海岸边缘的绳绒织物装饰。沙堆里侧，躺着一根干了的松枝，脱了皮，让沙子擦、海水洗、海风磨、阳光漂白，类似猛犸像骨骼的肋骨。周围的这一切是这类骨架或断片的整个一个骨骼学博物馆。

一块指示航道多年的航标躺着，它粗壮的下端看上去像长颈鹿的大腿骨和髁骨。另一边，一棵完整的刺柏像一具溺水猫的骨架，白色的、小小的根伸展如尾鞭。

沙滩外卧着浅滩和巨石。前一个瞬间还在阳光下湿润地闪烁，后一个瞬间已经让轰然越过它们的涌浪淹没，或者，要是没有足够的力量，就会给碾碎、抬起并引出一挂直立于空中的泡沫的瀑布。

再往外，躺着闪亮的大海，像渔民说的，一块大平板，此刻，在早晨，大海伸展开自己如一块蓝帆布，没一点皱褶，却像一面旗帜在摆动。那巨大的圆形表面若非有个红色浮标锚在浅滩外，定会倦怠；浮标借着个小红点，如信上的封蜡，点亮了一片单调的表面。

这是大海，对于见过世界的许多海角天涯的监管员博毅来说，自然不是什么新鲜事。然而，这是荒凉的海，并且好似在四目对视之中，它不像有着幽暗隐藏地的森林那样吓人，而是显得很平静，如同一只睁着的大而忠实的蓝眼睛。一切都能一眼看到，没有埋伏，没有隐蔽的角落！

它讨好着注视的人，他见这圆圈环绕自己，无论走到哪里，自己始终在中心。这一巨大的水面像一个从观者那儿放射出的化身，只有处于观者内部以及与观者一起时才存在。只要他站在岸上，他就能感受自己和这一眼下并不危险的威力的亲密，而优越于这一当下够不着他的巨大力量。当他提醒自己前夜曾经历的那些危险，他在对抗这个凶残敌人的、于躲避中成功了的格斗里所承受的痛苦和愤怒，他带着宽宏大量，朝着被征服和挫败的敌人微笑，无论如何，它只是个为风服务的瞎眼工具，此刻，它正伸展着自己，好在阳光下重获休整。

*　　*　　*

　　这是东礁岛，它是那么经典，因为这里有它自己古老的历史，生存了很久，繁荣过也衰落过。古老的东礁岛在中世纪时是个了不起的渔业点，那个重要鱼种——波罗的海小鲱鱼就是在这里捕获的，一项特别的行业协会法规是专为这里制定的，至今仍在施行。波罗的海小鲱鱼在中部和北部瑞典有同样的用途，就像在西海岸和挪威的大西洋鲱鱼，它不是别的，只是一种适应了波罗的海小环境的鲱鱼产品。波罗的海小鲱鱼的需求量在大西洋鲱鱼稀少和昂贵时增大、丰富时缩小。很久以来，它是中部瑞典的冬季食物，因为除此之外没别的可吃的，以至于人们至今还留存着一首民谣，讲述克里斯蒂娜女王诱来的法国人抱怨永远的脆面包和无尽的小鲱鱼。就在上一代，那些大地主还以大西洋鲱鱼作为实物收入支付给帮工，大西洋鲱鱼产量减少后，就拿腌制的波罗的海小鲱鱼替代。小鲱鱼价格的上扬，使得以前为了家用的适度捕鱼此时拥抱了投机的急切天性。东礁岛的浅滩，南曼兰省多岛海最富足的区域，开始被大规模地利用，鱼在产卵期受到了惊扰，渔网网孔给弄得越来越小，很自然的结果是，鱼变得越来越少。只不过，或许还没少到绝种的地步，或许因为它们离开那些通常的产卵地跑到了更深处，而那里还没有渔民足智多谋到能找到逃走的"敌人"。

研究波罗的海小鲱鱼减产原因的学者们争论了很久，最后农业科学院采取主动，任命了干练的渔业监管员，既为查明糟糕情形的原因，也为赢得补救的办法。

这就是眼下博毅监管员在这个即将来临的夏天到东礁岛的最迫切的目的。此地不是那些最热闹的地方之一，因为岛屿不在前往斯德哥尔摩的主航道上。南来的大船通常会穿过兰德斯奥特，经达拉岛和瓦克斯霍姆；那些东来的，在某些风向里甚至也包括南来的，试图在桑德哈姆和瓦克斯霍姆间航海；而从诺兰德和芬兰来的商船，则在福鲁松德和瓦克斯霍姆间穿行。

东礁岛通道是一条紧急通道，最主要的是为通常来自西南方的爱沙尼亚人利用，另外是当海风、洋流和风暴在兰德斯奥特之上或桑德哈姆之下时受到利用。因此，此地只设置了一个由一名主管管理的三等海关站，以及一个归属达拉岛管理的小小领航部。

这里是世界的尽头，无声、静止、遭抛弃，除了在春和秋这两个捕鱼季。而在盛夏之日开来的唯一的一艘游艇，如同来自更明亮、更快乐的世界的启示，会得到问候；另有事务而来的渔业监管员博毅则是要"窥探"——照当地人的说法，遭受的反而是明显的冷遇，这一点从前一天晚上说话方式中的漠然就能看出来，眼下则表现为送到他房间的惨淡的冷咖啡。

虽然他天生有特别敏感的味觉，但通过严格训练，他获得了压制不快感知的能力。因此，他一眼没眨、一口吞下那咖啡，而后走下楼去看看风土，也去和人打招呼。

当他经过海关男人的厨房时，厨房变得悄没声的，似乎里头的人不想被看见，于是关上了门、中断谈话，好不被揭穿。

带着不受欢迎的不快印象，他继续自己的岛上散步，走到了下边的码头处。那里有几间建筑简易的小屋，就像是用捡来的碎石片堆出的，外加这里那里涂些砂浆，烟囱孤独地从炉灶上方的砖瓦上凸起。一个角落里放着凑来的木头，是储存的补充，另一个棚里是浮木和树枝，是给那些被运来、打算在捕鱼季喂肥的猪猡们住的。窗户看似取自失事的船上，房顶盖着一切有点长度和宽度、能吸水或让雨水淌走的东西：海藻、沙生赖草、苔藓、泥炭、土。这些如今荒着的寄宿棚，在大的捕鱼季里每间往往都能睡二十多人，到那时，一个个茅棚都是一间间非法酒馆。

这些茅舍区最突出的一间外头，站着岛上的大人物渔夫乌曼，他正用一根钓鱼竿从网上刮打出一条比目鱼。他才不认为自己居于一名渔业监管员之下，不过还是感觉到因为监管员的存在而产生的压力，便竖起汗毛，为犀利的回嘴做好了准备。

"捕鱼的状况还好吗？"监管员打招呼。

"还不行，不过也许马上会好了，如今，政府来了。"乌曼相当粗鲁地回答。

"波罗的海小鲱鱼的浅滩在哪儿？"监管员又问，同时，撒手把"政府"丢在它自己的命运里。

“哦，我们以为监管员比我们知道得更清楚，他可是领了薪水来教我们的。”乌曼说。

“你看，你们只知浅滩在哪儿，可我知道波罗的海小鲱鱼在哪儿，这可是更锋利的秸秆，这个。”

“是嘛，”乌曼嘲笑，“只要我们在海里捞，我们就能得到鱼！——就这么回事，人要学习绝不嫌太老。”

妻子从茅舍里出来，和丈夫开始了生动的对话，监管员觉得试图和这个怀抱敌意的渔民重新商谈也没什么好处，便继续朝码头走。

几个领航员坐在登岸桥上，增加了对松松垮垮的杂谈的热忱，似乎不愿和他打招呼。

他不想转身，反而继续朝沙滩走，不过此刻，住民区很快就到了头，裸露的礁岩荒凉地躺着，没一棵树，没一株灌木，因为所有能当柴用的都给烧了。他沿水边走，时而在细沙里，时而在石头上。一直往右走了一小时后，发现自己正处于开始的地方，他感觉自己给关住了。小小礁岛的坡顶碾压着他，而大海的环状地平线挤压着他。缺乏足够空间的旧感觉朝他涌来，他往石坡上爬，直至来到最高处，海拔约有五十尺①。他在那里仰天躺下，朝上看向空中。眼下，眼睛没法捕捉到什么，不见陆地也不见大海，只看见自己上方的蓝色穹窿，他感到自由、隔绝，像一颗宇宙粒子飘浮在大气里，只遵循着重力法则。他觉得自己完全孤独于地下洞穴，地球不过是他滑行于地球轨道的交通工具，他在风儿微弱的耳语里，只听到行星借太空速度带来的气流，在波浪的喧嚣中，他感受到飞溅，似乎当那

---

① 瑞典的尺，0.2969 米。

个巨大的水箱围着自身的轴滚动时，液体必须被卷入。所有关于伙伴、社区、法律、习俗的回忆都给吹走了，如今，看不到一点和这地球永久连接的有形片段。他让思绪如一头松绑的小牛般驰骋，冲撞所有栅栏、所有思虑，就此让自己陶醉，直至麻木，像一个把天堂与大地都忘却在对自己琐碎外部的思考下的、印度的自我耽溺者。

监管员博毅不是什么自然崇拜者，也完全不是崇拜肚脐的印度人，相反，他是个自觉者，站在地球造物链的最高处，对那些低级存在形式带着一种蔑视，并且他非常明白自觉精神所带来的，在一定程度上比潜意识天性所带来的要更敏锐，尤其对于那些自带对用途和优美的专注来创造自己的创造物的人来说，自觉精神会更有利。不过，从自然那里，他取来了工作的原始材料，虽然人可以用机器制造光和空气，他更喜欢太阳不可超越的醚振动以及空气取之不尽的氧气井。因此，他热爱自然如同助手也如同下属，他愿服务于它，要是能哄住这个强大的敌人，将其力量置于自己的支配之下，这会让他高兴。

不过，在躺了不知多久之后，他感觉到绝对孤独所带来的巨大休息和自由，远离影响、远离压力。他站起身，走下去找自己的房间。

当他走进一半空荡荡的、回响着自己的脚步声的房间时，他觉得给困住了。白色正方形和矩形似乎围住了房间，他得逗留在这地方，这让他想起了人的手，然而是低级的人，只会以无机自然的简单形式移动。他给封在一个结晶体、立方体或类似的东西里，那些直线和一般大小的表面似乎要把他的思想弄成格子状，把他的灵魂线条化，将灵魂从有机生命的自由形式的状态加以简化，把大脑的、有着变幻的感知而又十分富饶的原始森林植被，重新变成了自然试着做出的第一个分类、一个孩子气的分类。

而后他朝女仆喊，让她把他的箱子拎进来，立刻开始了对房间的改造。他的第一个巧妙心思是拿一块重重的肉色波斯窗帘调节光线，立刻让房间的色调变得更柔和了。而后，他打开大餐桌的两片木板，白色地板上的剩余空间马上给填补了。然而白桌面看上去还是不舒服，他便把它藏在一块纯暖色的苔藓绿油布下，这样完全和窗帘的颜色相协调，从而营造出了一种宁静感。接着他将自己的书架抵住最糟糕的那面墙，尽管并没有太大的改进，因为它们只是按分类排列，像所谓的指南，而白色抹灰泥对着核桃色木料发出更刺耳的尖叫，不过他是想在着手细节前先描画出整体轮廓。

在天花板的一根铁钉上，他挂上自己的床帘，这样就像是在房间里弄出了另一个房间，卧室和另外的工作区分开，像歇在帐篷里。

白色长地板有平行的黑裂纹，鞋垢、家具和衣服上的灰尘、香烟灰、洗涤水、扫帚上的垃圾，制造出细菌的温床和木蛀虫的藏身处，他在这里那里扔下不同颜色和图案的小地毯来遮掩，它们像白色平面上一座座盛开着花儿的翠绿小岛。

现在房间里已添入色彩和温度，他便开始了细致的工作。他先创造一个温床，一个工作祭坛，一个可被围绕、一切在这里聚合或从这里辐射而出的中心。所以，他从这一步着手——把大灯放在写字台上。它有两英尺高，耸立如绿台布上的一座灯塔，瓷器脚上描画的是阿拉伯式的藤蔓花纹、鲜花及动物，和通常的这类玩意儿无任何相似之处，传达出欢快的色彩变化，这装饰提醒着人类智慧的力量，一种可以强奸大自然固定而统一的形式的力量。在这里，画家把一株僵硬的银蓟变成了蔓生植物，强迫一只野兔像一头鳄鱼般伸展开四肢，虎爪形前爪间夹了一杆枪，瞄准着一个有狐狸头的猎人。

围绕着灯，在灯下，他放上显微镜、屈光器、天秤、铅锤、水位量尺，上了清漆的黄铜向周围散发出温暖的日光黄。

墨水瓶，一个大玻璃立方体，磨光的表面赋予它水或冰的淡蓝光线；豪猪毛笔杆带着它们模糊而油腻的调子给出些许动物性的生活；封蜡漆棒鲜艳的朱砂、笔盒上杂色的小装饰图、剪子冷冷的铁光、雪茄盘的釉和金、裁纸刀的铜，所有这些实用且有美感的东西很快填满了大大的桌面，斑斑点点，要想获取一个印象、一份回忆、一道灵感，眼睛可在那儿逗留，这样便始终能保持活跃、永不倦怠。

现在要填充书架上的空隙，在那些黑木板间的真空里吹进些活气。很快，那里就会立起一排排各式各样的参考文献和手册，主人能从中得到有关过去和现在发生的一切信息。大百科全书像航空电报，揪着正确的字母作答。历史、哲学、考古学、自然科学教科书，带着地图及贝德克尔的所有旅行指南在地球各处旅行，这样，主人可以坐在家里安排前往这里或那里最短、最便宜的旅行，确定旅馆，知道酒水会花多少。不过所有这些资料都带着不可避免的衰败因子，他配备了一个科技期刊观察团的特制书架，从中可以立刻获得有关每一个最小进步、每一个最微小发现的报道。最后，是书籍目录、出版商目录、书店通讯中的打开全部现有知识的万能钥匙，这样，即便关在自己的房间里，他也完全能知道所有那些让他感动的科学知识里气压计的高低。

拿书架处理了墙，在他看来，这会儿房间开始有了人住的样子。这些书给出了个性化的印象，因为没有两件作品有同样的外形，相反，一本是猩红和金色的贝德克尔，就像是一个人在周一早晨将悲伤抛于身后，逃离一切；另一本，庄重、黑封，有类似英国大百科全书的全部队列；或是所有那些用明快夏衣轻装的，那三文鱼色的 *Revue des deux Mondes*①、那柠檬黄的 *Contemporaine*②、那灯芯草绿的 *Forthnightly*③、那草绿的 *Morgenländische*④。看到书脊上的鼎鼎大名，仿佛得到老熟人的问候一般，他们在他房间里，在这里，他获得了他们最好的部分，这超过了他们能给予一个前来拜访而打扰他们午睡和早餐时间的旅行者的。

书桌和书架井然有序，他感觉自己从旅行所带来的困扰中复原了，自从得到自己的工具，他的灵魂便重获力量，这些在他的精神上牢固生长，成为他的新感知和另一器官的工具和书籍，比那些通过父系自然继承所给予他的更加强大而精致。

由隔绝、孤独以及和敌人关在一起而带来的偶尔的恐惧——因为他有理由这样想起岛上的渔夫——让位给了摆放物件所带来的平静，既然指挥部已设立，现在，他坐下来，像一个充分武装起来的将军，开始安排作战计划。

---

① 《两个世界的评论》，1829 年创刊，包括文化、政治等评论的法语月刊。

② *La Revue Contemporaine*，*littéraire*，*politique et philosophique*，1885 年创刊的法语杂志。

③ *The Forthnightly Review*，《隔周评论》，1885 年创刊的英文综合评论杂志。

④ *Zeitschrift der deutschen morgenländischen Gesellschaft*，《德国东方学会杂志》，1846 年创刊。

第三章

　　当监管员走进橡木划子，开始有关海底状态、水深、海洋植物和动物的预备检查时，风已在夜里转为东北向，而浮冰已从奥兰德①漂下来了。

　　担当划桨人的领航员很快便疲于提供信息，因为他发现监管员通过海图、测深锤及其他设备，探明了自己先前从未想过的事。浅滩在哪儿，领航员知道，他也知道在哪个浅滩能安上捕波罗的海小鲱鱼的渔网。可监管员并不因此而满意，而是开始在不同深度进行打捞，捞上来一些小东西和植物黏液，他相信那里头有波罗的海小鲱鱼活着。他将铅锤放到水底，拉起黏土、沙、泥、霉菌和砾石样本，将它们分类、编号，放进贴了标签的小玻璃瓶中。

　　最后，监管员拿起一个像是说话用的喇叭的大望远镜，朝着海里看。领航员做梦也想不到人可以拿望远镜看水，他吃惊地请求，允许他也把眼睛放在那玻璃镜片上，往下看进那朦胧的一片。

　　一方面不想扮演巫师，一方面不愿匆忙解决时间将说明的问题、激发对答案的过高希望，监管员便同意了领航员的请求，给予了领航员一些对深处展开的生动画卷的流

---

　　① 奥兰德，原文为 Åland，芬兰的一个群岛。

行解释。

"看见浅滩上的墨角藻了吗？"监管员开始了他的讲座，"看见它先是橄榄黄色，往下变成肝褐色，最后底部变成了红色吗？这是光线减少的缘故！"

他划了几桨，离开浅滩，一直划到礁岩避风处，好避开浮冰。

"现在看到了什么？"他又问那个趴着的男人。

"哦，耶稣啊！我想那是波罗的海小鲱鱼！它们靠得那么密，那么密，像游戏里的扑克牌一样。"

"现在看见了吧，波罗的海小鲱鱼不单是到浅滩上。现在明白了吧，人可以在深处捕获它们。要是我说，人永远不该在浅滩捕这种鱼，因为那只是它们来产卵的地方，那里的太阳温度比深水处的好，领航员信吗？"

监管员继续划船，直到看见海水因为水底的黏土性变成灰绿色。

"这会儿看见了什么？"他歇在桨上继续问。

"我全然相信，海底有蛇！根本就是蛇尾巴钻出了烂泥——那边是头。"

"是鳗鱼，小家伙！"监管员告诉他。

领航员显然没法相信，因为他从未听说过海里有鳗鱼，不过监管员不想提前甩出自己的底牌，也不想对不明事物做冗长的解释而耗费精力。因此，他丢开桨，再次拿起他的望远镜，倚在船舷上观察。

他似乎正以不寻常的热忱找寻着什么，找寻某个必然在那里，在这个或那个浅滩上的东西，不过他自然不曾在那里见过，因为先前从未调查过那片海水。

遵从监管员的指令，他们在那儿划了两个小时。有时放下刮底器①，有时放下测深铅锤，每一次取样，他都带着望远镜趴着。他苍白的脸因费力而挤在一处，眼睛陷在脑瓜里。举望远镜的手在颤抖，手臂似因麻木而僵硬。

穿透了领航员的厚呢短大衣的寒冷而潮湿的风，看来没咬住那副纤弱的身体，那身体不过被一件半扣着的春大衣裹着。他的眼睛湿润，因为海风，也因为竭力想要更清晰地往下看进那一半不透光的领域的努力。对于这个占地球表面积四分之三的领域里的生命，另外四分之一表面上的人们，总体上知之甚少而猜测繁多。

通过这一并非自己的发明而是进行水下爆破时从造桥者和工人那里听说的水中望远镜，他朝下看那更低处的世界，伟大的水上生物从那里面进化出来。刚进化到无机和有机生命边缘的海藻林随着冷冷的海底水流摇摆，类似刚凝固的蛋白，从海浪的拍打中借出自己的形状，让人想起冻在窗玻璃上的水生植物的形态，海藻林在巨大的地下花园里带着金色的叶子伸展着自己。那里的海底居民拖着肚子爬动，找寻黯黑和冰冷，以掩藏它们寻求太阳和空气的长途跋涉的羞耻。最底部的黏土里，比目鱼在休憩，一半钻进软泥，慵懒、一动不动。没什么创造力能进化出鱼鳔，让自己浮起来。只等待一个幸运的、将猎物引过它鼻子的巧合，而并无动力将随机转为自己的优势，只懒散地扭动和伸展自己，直至眼睛为了图方便停在了扭曲的脑袋右侧。

绵鳚已将一副桨向前推，不过尾舱已装稳，提醒着第一次造船的尝试，在海带的纹章一般的叶片间展现它建筑

---

① 刮底器，收集海底或湖底沉积物的器具。

般的石头脑袋和克罗地亚大胡子，把自己从砂砾里只抬起一会儿，又立刻沉进烂泥。

吸盘圆鳍鱼带着七个背脊和朝天的龙骨走着，整条鱼就是一只巨大的鼻子，只是在嗅食物和雌性；用它玫瑰色的肚子将蓝绿色的水瞬间点亮，在幽暗的底部、在它的周围散开淡淡的曙光，却再次和它的吸盘一起快速拥抱一块石头，好等待一个等了数百万年的出口，一个给那些留在无尽的进化路上的、发展迟缓的家伙带来分娩的出口。

可怕的杜父鱼或短角杜父鱼，愤怒的身躯带着显露于脸颊尖刺上的恶意。它游水的四肢变成了爪子，更多的是为了折磨而非袭击或防卫，它享受地侧躺着，用那黏糊糊的尾巴爱抚自己的身体。

而在高处，在更亮、更暖的水里，游走着漂亮却思想深刻的鲈鱼，它可能是波罗的海最有个性的鱼了。体型匀称而稳健，不过还是有些笨拙，像一只科斯特船①。它带有波罗的海奇妙的蓝绿色和北欧脾气，有点像哲学家，又有点像海盗；一个社交隐士，一个喜欢探求深处的肤浅家伙——而有时它也抵达了深处，一个懒惰而古怪的分子，长久不动地盯着海滩石头，直到醒来，然后箭一般飞快地射开，待己如暴君却又很快变得柔顺，心甘情愿地回到原地，并且，藏匿起七种肠虫。

然后是大海之鹰，波罗的海鱼之国的国王，那身形修长、脊背带刀的梭子鱼，爱阳光，最强健，不躲避明亮的颜色，鼻子触及水面，睡时阳光在眼里，梦见开花的田野和遥远的白桦牧场——那个高处它永不能抵达，梦见在它

---

① 科斯特船，19世纪主要使用于瑞典西海岸的一种敞篷两头船。

潮湿的世界之上编织着的那薄薄的蓝色穹窿，在那里它会窒息，可那里却有鸟儿用它们毛茸茸的胸鳍轻快地游过。

船儿已到浮冰间，在水底海藻公园上行进着浮冰的阴影如同孤云。监管员搜寻了几小时却没找到想要的东西，此刻把望远镜从水里提起，擦干，摆在一边。

而后，他放下船尾坐板，在眼前抬起手，似乎要让眼睛离开这些景象稍事休息，看起来沉睡了几分钟后，他丢给领航员一个继续划船的手势。

整个上午都在关注深度的监管员，此刻第一次注意到海面上翻卷开的壮丽图画。群青蓝延展着自己，把船前的一片海水弄成一条小路，直到浮冰接续并显露出一片完美的艺术风景。岛屿、海湾、小海湾、海峡描画得如在一幅地图上，冰块骑上沙洲，一块石头压向另一块形成山峰状，紧跟着的又爬在前头那一个之上。小岛上的冰也一样堆积起来，撞出拱门，形成洞，垒成塔，还有教堂废墟、炮台和堡垒，这一组合的迷人之处在于，它们似乎是由一只巨大的人类之手塑造的，因为它们没那些潜意识的自然的巧合形状，相反却能唤醒远古时代人类创造的记忆。在那里，石头堆成了巨石墙①，像亚述-希腊神庙那样排成台地形状；在这里，海浪借重复的冲击已挖出罗马式筒形窟顶，磨出半圆拱形，像一道阿拉伯式的马蹄拱门，而太阳的照射和浪花的喷溅已从中把钟乳石和蜂巢砍了出来；这儿，在一道已堆起的墙外，整个波浪前缘将拱门吞食成了罗马渡槽；而在那儿矗立着中世纪城堡尖顶拱、飞拱和小尖塔的坚固遗迹的坍塌的基墙。

---

① 巨石墙指没有黏合剂而连接在一起的、巨大的多边或四边形石块墙，公元前 1000 年出现于希腊、小亚细亚、意大利。

这个介于艺术景观和历史建筑间的思想波动将沉思者带入一个古怪的朦胧氛围，漂浮的冰之岛以及清澈的蓝色水面上围绕着回旋的鸟群弄出的噪音，将他从这里头拉了出来。

一百只又一百只的一群群绒鸭漂浮着，在这里休息，并等待朝着诺兰德的水面解冻；那些不起眼的锈棕色雌鸭被华丽的雄鸭围绕，后背雪白的雄鸭高高浮起，有时来一个短促的飞跃，显露出烟黑色的胸脯；小群落的潜鸟露着松鼠似的胸脯、爬行动物似的脖子，跌倒时则露出象棋棋盘似的翼镜；那活泼的黑白相间的长尾鸭军团，游泳、潜水、伸展；海鸦和海鹦鹉的一个小团体；悲哀的煤黑色黑海番鸭的偷袭部队和普通秋沙鸭的队伍形成对照；红色秋沙鸭更闪亮地跟随着，脖子上带着羽饰；在所有过着两栖生活的潜水和鼓翼的鸟儿之上，已选定天空作栖息地的海鸥和亚科海鸥在回旋，它们只把海水用作捕鱼和洗浴场所。

悄悄混进这辛苦的劳作世界，一只孤独的乌鸦半隐藏地坐在礁岩上，它低低的额头、可疑的颜色、窃贼似的举止、罪犯似的形态、整个的怕水而肮脏的迹象，让它成了那些奋斗者仇恨的对象——这个夺鸟巢、吮鸟蛋的家伙谁都认得出。

从这一整个喉咙能让空气持续振动的有羽翼的世界，在水下无声的一切的头上，能听到一个声音的协奏：从爬行动物第一次通过嘶嘶声发出怒气的微弱尝试，一直到来自人类和谐声音器官的音乐。那边，公绒鸭要咬她脖子并在水下踩踏她时，雌绒鸭会如极北蛙一般愤怒地啐口水；而在这边，秋沙鸭仿佛青蛙一样在呱呱叫喊；燕鸥们尖叫着，海鸥们则孩子似的放声哭号；公绒鸭们咕咕地唤，像发情时的公猫。然而，在一切之上，最高也因此最美妙地、回响着长尾鸭美好的曲子，虽说这还称不上是一首歌。一个走调的大三和弦，听起来像牧人的号角，无论如何或何时，它击入，和另三个音调呼应，形成一个不完整的和弦，一个没有开头和结尾的狩猎号角的卡农，那是来自人类儿童期的回忆，来自牧人和猎人的最初时代。

观察者并非带着诗人的梦幻想象、带着阴郁而扰人的心情以及困惑的感知，在享受这场大戏，而是带着研究者、觉醒的思想者的平静目光，来理解这混乱的一切里的各种关系。他只是通过积累的大量回忆材料，才能将所有观察对象彼此连接。当他专门研究了这一庞大自然造物的原因，找到了答案，隐藏着的一切之上、面纱给挑开，他体会到生物链中的高等生物定能感受到的不可估量的欣喜，这个朝着明晰的无尽路上、伴随所有造物的天赐之福，或许也构成了离开梦境、朝向见识的驱动力，这无上的欣喜肯定和一个明白自己做了什么的、有意识的创造者的欣喜类似。

这一风景将他带回原始时代，那时地球在水下，那最高的山巅开始高出表面；他四周的礁岩还保留着那些原始地形的特征，山的基石正对着阳光。

而在水下，冷却期藻类已同时出现，第一纪的鱼儿在游泳，混杂在其间的是那最古老的后裔——鲆鱼，同时礁岩上仍生长着石炭纪蕨类植物和地衣。离大陆方向再远一些，首先在那些大岛礁上，能遇到第二纪的松柏和爬行动物。进入更深处，则有第三纪的落叶树和哺乳动物。不过，外海这儿，看得出在原始地形的合成里，自然的一念之间，便跳过了分层阶段，将海豹和水獭朝下扔进远古时代，将冰河期扔进今天早晨，直接处于第四纪中期，像原生岩石上的表土，而他自己坐着，活脱是这一历史时期的代表，不为表面的混乱打扰，享受上帝创造的这些活生生的画面，因为感觉到自己基本上处于生物链最顶端而喜悦倍增。

这是这一风景之所以迷人的秘密，就是说，它，也只有它，重塑了一个带着排除和缩写的历史性的创造。在那里，人可以在几小时内穿行地球的构成序列，并停在自己跟前；在那里，人能够以恢复了的感悟让思想回到原点，休憩于往昔岁月中，让疲惫的紧张为赢得文化天平上更高的刻度而得到放松，像重新陷入一场有益健康的昏睡，并感觉自己和自然融为一体。他将这样的瞬间作为那些消逝的宗教享受的替代品，那时，关于天堂的想法只是个变化了形式的、向前的动力，不朽的感觉只是关于物质不可破坏性的预知的乔装表达。

感觉自己在地球上如在家中是多么平和，这地球，他在童年就获得了关于它的所谓叹息谷的描绘，只能曲折前行走向未知；多么坚定而充满自信，当他感到，他能了解以前未知的知识，可以朝里看，揭开此前不曾被揭开的所谓上帝的隐秘想法，那些所有被看作费解的现象，也因此是到今日之前未被看透的。如今，人们已弄明白人类的起源和目的，不是在极度疲惫后才打算安顿，像一个又一个文化古国在他们以为自己行将毁灭时才想到的那样；如今活着的一代人已经参与进来了，尽了自己的一份力量，默许自己成为最高的动物，并以明智的方式努力，将天堂的概念在这底下实现，也因此眼下的时代是所有时代里最好、最伟大的，它会将人类往前带，比以前几个世纪能带到的更远。

在关于自己的起源及定数的灵修时刻之后，监管员让自己的想法在个人的进化史上驰骋，能追踪多远就跑多远，就像是找回自己，以便在那些往昔的台阶里阅读自己可能的命运。

他看见自己的父亲，那个已故的防御工事部队少校，带有来自世纪初的不确定的那一类，混杂如同拿油灰粘在一起的一堆碎片，来自逝去阶段的废物，都是上世纪末的大爆发后漫无目的地从不同渠道随机选来的。这个人什么也不信，因为他看到一切遭到灭亡，一切得以重现，所有的国家形式都被尝试过，被欢呼着对待，继而在几年内受抛弃，像新的一样再次给带来，再次作为普遍发现而受到欢迎。最后他止于似乎唯一明确的、最后的固定点，如今它或许来自一个领导意志，这不大可能，或者因为一个复杂的巧合相当可能，然而说出来却很危险。通过大学学习，父亲投身于年轻的黑格尔派泛神论，那是一个良好的转折，已到了决定改变的成熟关头，个人成为唯一现实，上帝成为人类的个性的精髓。这是关于人类与自然亲密关系的、活生生的表演，其中人类站在世界进化链的顶端，形成了一个人格的精英军团。在默默的鄙视中，这些政治狂热分子反复尝试将自己置于自然法规支配之外，试图以一种人为途径，通过哲学系统和国会决策拼凑出新的世界秩序。未被注意地，他们朝前走自己的路，无论高处还是低处，他们都是用不上的人。往上，他们看到平庸之才通过自然选择围绕在一个平庸的君主周围；往下，他们遭遇无知、残酷和轻信；而在其间，是中产阶层那种明显的生意旨趣，以至那些自身并非生意人的就没法和他们合作。因为他们是能干、明智而正直之人，他们有时给提升到具有影响力的位置，但由于他们不能参与任何党派，没有任何意愿做个人的、徒劳的反对，他们没有多到足以形成一个群落。此外，作为强大的个体，不会跟随一个系铃的领头牛，他们保持驯服的沉默，将自己的不满藏在大十字架和大勋章之下，当他们在议员桌边或贵族俱乐部沙龙里相遇时，会像占卜师一样地微笑，让世界走它自己的路。

父亲出身于一个显然不算古老的贵族家庭，这个家族不是借助可疑的战争掠夺，而是通过改良采矿业的民事收益、靠着自然机会的帮助和敌人的错误步骤，而被授予贵族盾形纹章和适度的特权奖励，比如着贵族制服，参与四分之一沉重的国家事务而不取报酬等。因此，他将自己视作一位有功的贵族，来自有才华的祖先的意识像马刺一直影响到现在活着的后代。借助祖先的才华和自己的工作，他堂堂正正地获得财产，有时他也在职业上培训自己。他成为一名卓越的地形学者，参与了约塔运河的建设及最初的铁路建设。这种和整个王国相关的事务让他开始习惯于从上方看着摊在写字台上的地图，并在瞬间理解，从而逐步具备了从宏观角度看事物的感知习惯。他坐在那里，带着直规画出将要改变整个风景面貌的交通线。再次搁置老城市，创造新城；改变物品价格，找寻新产品资源。地图得改，那些旧水道被忘却，而那些标记新铁路线的黑色直线得以决定；山和谷必须一样富饶，不再需要为担心河流泛滥而奋斗；地方与地方间的界限不再被察觉。

随着对国家和人民命运的安排而来的是强烈的权力感，父亲不可避免地逐步为附随权力的自我高估倾向所控制。一切都开始被妄想成鸟瞰：土地成了地图，而人们成了锡兵，当地形学者在几星期内要对一个高地、一个需要千年侵蚀而形成的高地进行水准测量时，他感觉自己有点成了造物主；当他命令给隧道钻孔，将山脊变成湖泊，将沼泽填埋，把自然地理形式弄得七颠八倒，他不可避免地觉得自己手里掌握着地球的重塑权，因此，他的个人情绪膨胀到难以置信的地步。

到了这会儿，他的地位是军官，有好几个属下，他只是给他们下达命令，就这样，这些人成了为他那充满意志的大脑服务的肌肉。

带着军人的体魄和决心、专家的缜密、思想者的理智、经济独立者的沉着、正派人的尊严和自重，他展示了一种最高的条理，在那里，美妙和明智合成出一个完好地称量了的和谐人格。

从这个父亲那里，儿子既获得了一位榜样，也获得了一位老师，那时母亲已早逝。为了让儿子省下日后悔恨的苦涩时刻，也因为不喜欢现行的使用童话故事和恐怖历史的教育方法，只将孩子们教成孩子而非男子汉，这位父亲立刻掀开了整个生命神殿的帷幕，传授给年轻人生命艰难的艺术，教育他人类与其他造物间的亲密联系。在那里，人类显然站在自己星球的最高处，可也还是造物的一部分，自己能在一个尺度里修改自然威力的效果，但依然被它们统治，因此是一种理性的自然崇拜。自然，指的是重视每一个存在；崇拜，意味着承认对现有自然法则的依赖。借此，他转移了基督徒的伟人狂热，对未知、死亡和上帝的恐惧，塑造了一个明智的、对自己行为保持警惕的男人，一个对行为后果负责的人格。在那个通过完美塑造而将人类和动物或巨大的脑袋区分开来的器官中，他找到了人的低级冲动的调节器。判断，是根据通晓的知识做出的；愿意控制，必要时抑制低级冲动以保持高级的冲动居上。养料和繁殖是低级冲动，因此和植物拥有的一样。情感，如同动物的所谓低级的雏形思维，因为它们处于血管、脊髓和其他低级器官，所以必须无条件从属于更高级种类的人的大脑袋。那些不能控制他们的低级冲动，而用脊椎思考的个体处于低级形式。因此，这个老前辈警告儿子不要相信青春魅力和热情，这份魅力和热情也可导致对美德的犯罪。然而，这并未排除总体上有益的巨大激情，它不属于情感而是善意的有力呈现。所有青年人能制造的完全没有价值，因为通常来说，都缺少独创性，只不过是年长前辈们纯粹的想法让后继的年轻人继承为自己的想法，带着巨大的想要兜售什么的大惊小怪。独创性只在大脑成熟后才能谈得上，就像真正的繁殖，伴随着对后代的抚养，只出现在人具备了男子气、具有获得养育孩子所需的生存手段的能力之时。判断不成熟大脑的一个确定的特征，是始终不变的狂妄自大，那里住着青年和女人。在青年人的面前有着未来，人往往这么说，但这个说法是那么地有缺陷，因为成年男人显出较青年人更低的死亡率。而那愚蠢的回答是，如若青年是个错，也会随年月消逝；这并未抛弃青年此刻是一个过失、一个瑕疵，因此是一个错误的规则，它的存在自然通过消逝得到了承认，因为从不存在的绝不会消逝。所有青年对现状的全部袭击都是弱者无法承受压力的歇斯底里的爆发，被证明和黄蜂攻击人类一样缺乏智慧，注定会走向毁灭。作为有关年轻人缺乏判断和推理的证据，他强调了青年们和小说《鲁滨逊漂流记》的关系，这本小说是为了一个明确意图而书写的：蔑视自然状态和被隔绝的生活。然而，一个世纪以来，它很有规律地时常被青年们误解成野蛮生活的赞歌，不过这本书描绘的却是那作为野蛮人的愚蠢青年滥用文化财富而遭到的惩罚。这一细微特征也显示出青年具有的是何等低一级的本体形式，在他对印第安人及其他发育不全的智力迟钝者的同情里出卖了自己，完全就像感情，本该如甲状腺一样给搁在一边、被人类淘汰，却还留在老地方。

当儿子不能用理性的争论反驳这些苦涩的真理时，便宣称他的感情，没错，他最神圣的感情，要起身反抗这干巴巴的信条；父亲认为他是一只黄蜂，还在用神经节思考。父亲警告他，在肆意幻想或不够充分的基础上得出的结论缺乏庞大的材料，不能和科学的快速结论混淆，后者因为中间媒介的省略，看起来似乎是以很少的前提得出了结论，似乎是化学的结合，让两个旧观点融入彼此、形成了新观点。个体发生学已显示人类的胎儿是经过所有早期阶段发展而来，从阿米巴、青蛙一直到拟人形，青年又如何能质疑这一点呢？就是说，只要身体在生长，儿童的精神必须走过人类的历史、穿过动物和野蛮一直向上，以便让人类远远站在高出青年之处！父亲特别警告不要让我们最低级的冲动——性冲动笼罩了判断，因为，这一冲动借助其力量，很久以来扰乱了健全的理性。有知识的男人依然会躺在女人和男人一样高的迷信下，某些男人甚至认为女人比男人更高，而女人其实不过处在男人和孩子中间，正如胎儿的发育过程所显示的，在那里，一个男性在一定阶段里是女性，而女性永远不会是男性。警告这年轻人，让性冲动占优势也是给女人撒下阴影，儿子很快便开始得出父亲所谓的神经节结论——中校是个妇女仇恨者。不然，还能怎么做呢？当他总听见父亲叙述这一个或那一个男人因为和女人的关系葬送前程，一个伟大天才如何将其天才浪费于生殖工作，拿幸福和地位为一个不忠实的妻子以及未成年就死去的孩子做了牺牲。繁殖属于那些较小的精神，伟大的精神应该为其工作而活着，诸如此类。

在这样的指导下，儿子长大了。他天生是个不同寻常的纤细孩子，却有一副和谐发展的身体、受到良好塑造的感觉、快速而确定的看法、敏锐的理解、贵族的思维方式，表现出对人的宽容和随和。他很早就明白如何管理自己的生活，压制植物和动物冲动，当他积累了一堆观察和知识后，他便开始工作。他的大脑很快就显示出能制造出丰富产出的巨大容量——从已知中能找到所需求的未知，从旧知中产生新知，一言以蔽之，有所谓独创能力。他是未来的创新者，拥有看到无序中内在联系的能力，能发现现象背后不可见的动力，甚至人们的行为中隐藏的综合动机。因此，学校的同学们带着怀疑的眼光看待他，老师在他们传播的不可动摇的事实上，感觉到来自他那里的无声批评。

他进入大学时正值伟大的、围绕议会改革的民众运动兴起。博毅充分认识到四级代表体系的缺陷，而国家至少要分为二十级来对应不同的利益和能力，才能裁判民主政体管理那样的复杂问题；另一方面，他不同意恢复群落或部落组织，在那里，每个人能说的一样多也一样少。他立刻意识到，这个大众想要实施的、简化了的政体管理法不是个适应时代需要的改革，而是最近在法国看到的普选权，制造了一个皇帝以及由律师、商人和军官组成的虚假代表，工人、农民、学者和科学家都给剔除在外，因此只有三组武断地被皇帝选中的人成为代表。而他算出了一个似乎更正确而发展了的、有均衡代表权的社会阶层代表，根据各阶级利益进行细致调整，并对那些明智之人的最高利益或较高权益做了应有的考虑，因为明智者比无知者更能促进进步。对此，议会制的起草者已有所意识，因为他们感到让委员会处理问题以及通过特殊委员会甚至专家委员会解决问题的必要性。现在要彻底完成民众的集合，让所有的利益得到保护，所有的观点得到接纳，所有关于国家状况的信息得到了解，各阶级的人们，从最右到最左的都要选出代表，部分按人数比例，部分按他们对这个国家整体发展上的重要性。无视宫廷，也无视君主制，那些都该处于外交部之下，他们本该属于那里，因为君主制只被允许在外国势力面前代表这个国家，于是他有了这个给予建议而不是立法的行业议会。第一阶级：有佃农的地主、佃农、监督员、农场工头等。第二阶级：矿山和工厂经营者，以及他们的劳工。第三阶级：贸易商、水手、酒店业主、搬运工、出租马车车夫，以及所有银行、海关、邮局、铁路和电报、领航局等处的雇员。第四阶级：文武官员，有仆人、差役和教区会众的牧师。第五阶级：专家、教师、文学家、艺术家。第六阶级：医生、药剂师、济贫主管。第七阶级：房主、资本家和食利者。

以多大比例从各阶级中选择是一个问题，不能随意解决，而必须由具有治国才能的人精干地去尝试，因此代表秩序只能是也总是临时的。在这个协商大会上，应有一个政府的政治学专家委员会，他们受过有关这一艰难召唤的专业训练，这样，艺术中最复杂的这一门不会像迄今之所为，被骗子和大胆的非专业人员操纵。而政治家在就职前，将被仔细调查过去的生活、个人经济状况和社会关系。这反而会刺激青年们的自我教育，让他们深切留心自己的行为举止，先将未来的杰出人物的树干长出个样子来，而非走向另一面，有着无瑕疵的行为或消极美德却没有才华——至今那都是晋升的捷径。这样能形成新贵族来代替旧的政府、军队和宫廷贵族，事实上，这个只通过优胜劣汰的自然选择树立了自己的新贵族，是国家以最好的方式得到治理的保障。国会因而只需要对一项意见投票，而不是做任何决定，因此会提供大量的调查材料，却不会成为一支可能受到贿赂或煽动、而实施投票的暴力的军团。

这年轻人说出他的这些观点已太明智，那时贵族是退化的同义词，是剩下的、幸存的，大众那么盲目地往前推进，工业劳动者变得主要是在他们未来的敌对阶级也就是农人的手心里干活；一个理智的人只会笑和等。他等待，直到他看到四个阶级的代表给一个阶级的代表取代，于是，此后的王国由先前的农人阶级代表单独治理了。然而这些历史事件已对年轻人的思想和发展产生了巨大影响。他看到大多数思想机制正走向可怕的混乱，当他阅读阶层备忘录时，注意到那些最智慧且最有影响力的人的讲演，他观察到一个他称之为"神经节推理"的东西，能由血管收缩和心脏充血引起，对舆论造成最大的影响。在他看来，这似乎与祖国或进步无关，只是建议的提出者让自己那些有严重逻辑失误和可怕的事实歪曲的意愿、借助谬论而通过的一场胜利。观察唤起他巨大的怀疑，怀疑一切都只是争权力、争享受，以自己的脑子协调好其他大脑，好在别人的大脑皮层播种思想的种子。在那里，他们将种出槲寄生那样的寄生物，其下，母株会骄傲地承担思想，上头树冠里寄生的就只是个寄生的。这是他远大志向的基础，为了达成志向，他通过学习、旅行，以及和博学又杰出的人士交往而获得知识和经验。在这竞争力与利益永远活动着的混乱正当中，他寻求了自身存在的锚地，这个圆圈正中就在他自己的内部，而现实敲击在他的周围。不像软弱的基督徒那样假设一个外在的来自上帝的帮助，他在自己内部找到了真实而可触知的，并试图给自己创造出一个完美型男人的人格，这个人的生活和行为将不会干扰任何人的权利，他坚信精心照料的树木之果不可能成不了他人的享受和慰藉。那些自称为他人而活，根本只是活在他人身上，活在他人的感谢、意见和承认上的人们，在他们的斗争中产生的所有困惑和倒退，他都避开了，他径直走自己的路，确信单一的、伟大又强有力的个人将会并非出于本意地，比那些有用性与人口数量成反比而毫无想法的大众更有用处。

通过这种自我设定，他强迫出自己的生活规范，这让他有着高度的道德感，反而没法将争执留给那将来的不确定之处，自己规定了自己的行为方式，他就没什么未定的，不会将责备从自身转换到一个无辜而受苦的基督徒身上，而是意识到自己的责任，不做任何会唤起自己对替罪羊的需要的事。

因此，他学会了只依赖自己，从不寻求意见，始终权衡一个行为可能的后果。这没能让他免于紧张之苦，而是同他这一代人一样，他们在蒸汽和电气化时代出生、成长，生活中的各项活动都在提速。他还能怎么样呢，除了必须摧毁百万陈旧的脑细胞，储存过时的印象，在每一个要形成判断的瞬间，必须小心推开一个试图作为前提挤进来的过时的公理。这是一个完全的新建工作，导致神经系统的无序，人只会归因于先辈的酒精中毒和性欲放荡，而病理症状是表露出了伴随着极度感性的增强的活力，就像换壳时的淡水龙虾或蜕皮时的鸟儿似的。这是一个种属或至少是各种人的重组，因为那些前辈看来生了病或不健康，处于教育过程中而不愿承认，他们自己愿意作为规范，自称健康，虽然其实处于分解状态。

这个成长的青年的神经敏感因为饮食的约束及性欲的严格克制而增强，他觉得用发酵的饮料把自己放在一个疯狂而野蛮、简直无法无天的状况里很是可耻，他的灵魂太过高贵，没法和妓女去游戏瞬间的连接。就此伴随的甚至是感官增强了的分辨度，而一个剧烈而不快的印象有时会让他反感，其他有更粗糙的感觉的人在那里则可以找到享受。

如果早晨的咖啡不够提神，他会情绪低落好几个小时；一只小小的、油漆得糟糕的弹子或脏脏的球杆能让他转身寻求别处；一只没擦净的杯子会唤起他的嫌恶，他能从气味上辨别出一张报纸是否有人读过；他还可以从一件陌生家具上看出人们沉积在抛光剂上的油脂，仆人进屋整理后，他总要开窗。然而，假如他在外头旅行，不得不受限制，他就会关掉从感官工具到达知觉的所有联系，以对抗所有不适感，他对自己很严格。

无论如何，他在大学里专攻自然科学，那是所有学科中最少让人蒙羞的，因为在那里观点比材料的收集所能扮演的角色更小。学业完成后，他接受了科学院助理的职务。

他申请那里的职位，是为得到在一地所收集、分类的大自然的资料概况，可能会从那里阅读和发现更大的连带关系——如果有的话，或发现一个共通的、可能存在于那里的无序。他的意图很快被发现了，特别是他再也不能避免做提议会带来的危险，建议用一种和当下流行的、完全不同的方法重新进行鸟的分类。上司们自然不想降到为一个年轻人收集资料的位置，也不愿在工作中被看作已经过时，因而本能地厌恶揭发者。对这个闯入者的第一项防御是，将他安置于下属人员的具体工作上，让他的对美的感受备受摧残。在六个月里，他不得不给收集的鱼换酒精。起初，他对着恶心的气味简直要呕吐，不过后来他克服了这一不舒服的感受，转而开始对鱼类拼命地进行研究。因为他工作迅速，半年就彻底研究透了所有庞杂的材料。整个冬天，他都站在寒冷、肮脏、昏暗的厨房里，闻着糟糕的酒精味，手冻僵了，感染了难以治愈的膀胱炎。

其后，他着手给藻类写标签。因为他没在大学学过什么书法，天生又有一只虚弱而不稳定的手，标签都给扔了，他得了无能之名——连字都写不来——但在两个月内，他就读了一间书写学校，晚上在家对着练习册复写，他掌握了一种漂亮而清晰的手写体，同时获得了比先前更完备的藻类知识，外带学到了无价的书法艺术。那些以为他会很快拒绝助理工作的上司们看出他生了怎样的皮肉，知道他是如何将所有逆境转为自己的优势，丰富自己的知识，快速躲过一击，抖落身上的暴雨。

然而，他改进了的书法成为一个新的羞辱源，因为他如今成了个誊写办公记录和信件的，就像人们以为的，沉沦到了誊写员的卑微角色里。不过，他没有抱怨，接受了工作，同时学起了外国语。他有机会瞥见这些大人物的秘密，他们以为在他手中毫无价值的秘密。因此，他看见这一时期科学的焦点争论在借助信函加以处理，发现了那些博学者的社团秘密集会的渠道，知道了获得勋章并让自己的研究产生结果的地下通道。他因此无懈可击，当人们以为已把他踩下去时，他又把头抬起来了。

因为贵族和独立思考者的双重品质，他被孤立了。他的名字听起来不科学，他精致和摩登的穿着在那些记得贝采里乌斯①的破裤子的人看来，成了没有科学感的证明；他忍耐而明显的服从被视为低劣，而他所有的对自然科学的沉思被看成诗意的流溢。因为后悔把他从遮布后头放出来，为了再次压制他，如今他们将他放在另一项工作上，那是遭到每一个新来者拒绝的，因而被称为试探石或烦恼石。就是说上边阁楼里残留的一大堆以前收集的岩石和矿物，部分通过赠品和遗产而汇集，部分通过世界环游和探险，且因为地质学还处于襁褓阶段，大部分被当作重复样本而丢弃，有必要利用如今增长了的知识对它们进行彻底的研究和分类。它们给安置在一间阁楼里，堆积在屋顶板下，明显掺杂了大量的灰尘和蛛网。博毅如今得弓着腰站在高温的屋顶板下，吸着灰尘，几乎就要放弃这项工作；可第二天，他找到一块石头，怀疑是未知的新矿石，又立刻开始工作和分类。在这个过程中获得的经验动摇了他本已微弱了的、对科学体系的信仰，初步意识到石头不是给自然分类，而是让大脑分类了的自然现象。此外，只要有人决定一个分类原则，一切皆可分类。他很快就明白，这里不存在最合理的分类原则，而只有不确定的假设，比方说，对应于被视为沉积于水中形成的分层岩，原成岩通过在火中融化形成，然而有些原成岩也像年轻的沉积层那样分层了。他发现一切都是给拧成的、给猜出的，整个系统建立在猜测之上。同时，他分析了自己手上的矿石，认为至今

①　琼斯·雅可比·贝采里乌斯（Jöns Jacob Berzelius，1779—1848），瑞典化学家、伯爵。

属于未知，于是把它给了教授。教授把矿石给了柏林科学院，并将自己的名字贴在那新矿石上。除了得到一些来自上司的嘲讽，博毅没得到感谢，也没被提及。他因此恼怒地研究起了新矿石，并将研究成果邮寄给了莱尔①，他的论文得以在伦敦地质学会宣读，他也成了学会会员。同事和上级假装对他的成功一无所知，他的成功在某种意义上成了对教授的羞辱，是教授忽略了那些未知的矿石，如今厌恶变成了仇恨，进而发展为迫害。可他溜走了，把自己隐为无形，并且工作了。由于这些堆积的矿石是从欧洲所有国家收集而来的，博毅明白，每一个发现将会对每个相关国家的采矿科学有一些直接影响。两年中，他成功地被多数欧洲专业学会吸纳为会员，同时获得了意大利王冠勋章、法国公共教育勋章、奥地利利奥波德勋章和俄罗斯圣安娜二级勋章。然而什么也不能改变那些周围的人，那些因为实绩而获得的勋章每添上一枚，就只会增加一分嘲笑。当人们无法否定事实时，他们就会低估其价值或假装无视所发生的一切，并且这不能阻止他们为了自己进一步狩猎名誉而利用他发现的线索。

最终，在七年折磨人的工作后，他继承了当时去世的父亲的遗产，辞职以私人身份出国旅行，他听说自己失败于使命，一事无成，更听到了有关他被免职的不同版本的流言。带着对人们的无边蔑视，他离开了自己的国家，在海外继续学习。在欧洲各地的宾馆和旅店，他看到各种各样的人，结识了，很快又因被迫分离而断了联系。可在每一个地方，他都看到人们如何在同一时期就相同的事表达

① 查尔斯·莱尔（Charles Lyell，1797—1875），英国地质学家。

相同的看法，将多数人的观点当作自身的谈吐，说了一些短语而不是谈了什么看法，他发现其实只有少数精神领袖的思想被大众反刍。他因而得知，从1830年到1840年，所有地理学家都在复述着阿格西①和莱尔的观点，所有虔敬的自由思想家都吸收了勒南②和施特劳斯③的想法，所有活跃的政治家都靠密尔④和巴克尔⑤活着，所有谈论新出炉文学的都把丹纳⑥高高捧起。只有少数主电池连接着信号器，可通过天赋的传导线让所有这些小铃儿叮当响。从这里，他很快就进入了心理学领域，拜访了一些精神主义者、催眠师、掌握读心术的人，在这些诈骗者身后获得了些许新发现，这肯定能改变人类生存模式中毫无想法地活着的粗野方式，也许能对适应思想机制有所贡献，考察这整个围绕着观点的战斗生活，它不过是让别人的脑子跟着自己转动的权力争斗，好强迫大众和我一样思考。因此，他也做了一个有关科学斗争皆因错误观念而获胜的事实的证人，只因为那个胜利了的有足够的权威，受到大多数人支持。他看到政治和宗教的长期纷争以一个非理性、非正义的立法

① 让·路易士·鲁道夫·阿格西（Jean Louis Rodolphe Agassiz，1807—1873），瑞士裔美国自然学者和地质学家。
② 约瑟夫·欧内斯特·勒南（Joseph Ernest Renan，1823—1892），法国语言学家和宗教史家。
③ 大卫·弗里德里希·施特劳斯（David Friedrich Strauss，1808—1874），德国神学家。
④ 约翰·斯图尔特·密尔（John Stuart Mill，1806—1873），英国哲学家和经济学家。
⑤ 亨利·托马斯·巴克尔（Henry Thomas Buckle，1821—1862），英国历史学家。
⑥ 依波利特·阿道尔夫·丹纳（Hippolyte Adolphe Taine，1828—1893），法国文艺批评家和历史学家。

的设立而结束，根本的、得到正式认可的错误，这一切被后代作为显而易见的真理来继承。不，这只是如何让自己的意愿得以通过，而整个观念辩护背后的动力是利益和激情。利益，它不是别的，而是需要，对食物和爱的需要，要获得这些得有一定的权力。不为权力奋斗的就是弱者，其生活欲望是被削弱了的，因此，人们总能听说弱者在要求权利，那些弱者的权利，然而只会给出一个数学的裁定，一个算术的真理，估算这些要求有一个强健的思想机制，有能力从利益和激情的错觉中解放自己。当他搜寻了自己内在的自我，并且和很多其他人相比较后，他发现，通过严格的自我教育，他高度解放了自己的判断力，在他的内部有一个得到了特别培育的动力，能找到抽象的公正、切实关系里的真理、事实的内核，因此他甚至自称为最高意义上的真理之友，所以他无须到处诉说，也不必用谎话来搪塞胡搅蛮缠。

为了更近一步追踪作为高级动物的人的组织，他设计了一个对所有低等动物大脑正常功能的特别研究，这样一直研究到了人类。然后，他做了一个分类账，普及到他在自己的道路上遇到的所有个体，从亲戚、护士、仆人，到小学、中学和大学的同学，友人、上级，一言以蔽之，所有这些人都进入了他的观察圈；他通过收集个人简历、洗礼证书及熟人证词完成对他们历史的回顾；写下他们的方程式，试图为他们的生活问题找出解决办法。这是无比巨大的工作量，当他将混乱理顺后，便看见人类恰如动植物一样，按照确定了的划分原则就能归入大的纲、目和科。而后，他选用了更多分类，能更进一步贴近真相，将最充足的照明打在那些观察对象上。就这样，除了别的，他还弄了个关于人的图表，细分为三部分：自觉、自欺、潜意识。有意识或有创见的是最高级的；能看穿欺骗，不信任何事和任何人的，通常被称为怀疑论者；因自欺而害怕和仇恨的；这些人能立刻认出彼此，通常会因为小人的称号，或是相互指责对方抱有不良动机而分辨出来。关于自欺，他算上了所有宗教信徒、催眠师、先知、党魁、政治家、有慈善精神的人，以及那群软弱的、假装为别人而活的野心家。潜意识属于儿童、大多数的犯罪者、大多数的妇女及部分白痴，这些人依然活在半哺乳动物状态，不具备区分主体与客体的能力。

根据另一分类原则或按照个体发生学的规则，即从胚胎到最高级的人类，他排列出了：儿童、青年、妇女、男子。

此外，他总是在同胞中找寻祖先的种族标志，辨别出中部瑞典人来自南部瑞典，看到挪威人和韦姆兰人、布胡斯人的共性，将一些芬兰人和诺兰德人放在一处，查找移入的德国人、瓦隆人、闪米人、吉卜赛人的记录，这些人常常给予他一把钥匙，可以通往无法说明的性格特征。

接着，他对各色人等还有一个分类标准，通过他所谓的主导，于是贪食者和醉汉属低级的一组；贪图性爱者是一组；情绪化的、敏感的人，以及那些有智识、会思考的人居于最高处。

这门科学让他发展到了一个高度，于是在一定时间后，具备了判断一个人或是给出一个方程式的能力。为验证自己观察的真理性，他以自己为心理示范，活生生地切割自己，拿自己做实验，设置了瘘管和囟门，让自己承受那些不自然的、往往令人排斥的精神食物，继而密切注意个人观察的错误，避免通过自己或自己的行为给他人形成标准。

当他终于对海外旅行产生了厌倦、而灵魂渴望自己的环境时，他转而回家找寻可以做事的圈层。因为不在乎具体做什么，他申请了渔业监管员的职务。鉴于人们并不急于让他留在身边，他便成为被派往斯德哥尔摩群岛的第一人。

*   *   *

这会儿他从关于自己的进化历程的回顾中醒来了，他习惯于通过迅速重过一生让自己获得新生，进而仿佛追踪向前、直到自己的起点，在清算自己的资源后厘清了前面的航路、可能的目标和前景，以便在行动中成功。

在这段时间里领航员把船划到了礁岩间冰块后的避风处，他已认定，像雕像一样、带着内向的眼睛、毫无表情地坐着的博士有点难以捉摸。领航员找到机会询问是否他们该转头往码头划，监管员点头同意。

再一次地，监管员看了一眼外头壮丽的场面，那里，浮冰被推向前、游荡、挤压、蜂拥成一团、彼此提拉、转到边缘，水平位置转成巨大的移置和断层，形成山、谷、丘。监管员觉得自己似乎看到了地壳的诞生，在白热的海面上，第一块硬壳破成碎片，被驱赶向前、推到边缘、挤成一堆，形成太古岩石、礁岩、岩石、小岛，似乎只是庞大的浮冰、冰山，虽然那其实是其他矿物而不是水。通过这一重复了的创造史，在空气和水的深蓝旁，颤动着冰块原始的、未分开的白光，这第一个对黑暗的打破，这里徘徊着从黑暗里分出光来的造物神话的上帝，像是从他探查的头脑里闪出的一个感性解释。又一次地，爬行动物对于音乐般和谐声音的首次尝试转成了鸟儿的鸣响，散布在水圈上，他的自我的局限必须是中心点，无论他走到哪里……

与此同时，船儿荡进码头，烟囱上冒出了午餐的炊烟。

第四章

　　一个周日的上午，渔业监管员坐在他那打开的窗前，初夏刚刚来临，水上有了一些淡蓝色，岩石缝中那些无足轻重的青苔和地衣上已有轻微的葱绿。鸟群北去，只偶尔有秋沙鸭成双成对地在海湾里游泳。这伟大的孤独——他这么称呼波罗的海——今日震撼了他，当他看见一艘艘船只在那些五颜六色的外国旗帜下往南开，或许偶然，或许确然，所有这些旗帜比那很容易弄脏的、贫困的蓝色和苍白的黄色①更明亮。他看见令人激动的三色旗飘在一艘中型双桅帆船上，不久前这艘船刚载着葡萄酒和橘子而来，如今从北部瑞典装满木柴走向人口众多的阳光海岸；双桅帆船上衰弱的丹麦国旗躺在航迹上，跟在一艘巨大的德国邮政蒸汽船悲伤的黑边白帆布之后，它的皇冠标记像黑桃王牌，上面带着些红色。英国的血红旗帜、西班牙的条纹遮阳布、美国的 King Cotton 条纹被套面料②，那么多来自陌生民众的问候，他能感到和那些陌生人有更多的连接，而不是和这些注定称为同胞的。因为他有权在他的节日盛装上携带这些国家而不是自己国家的颜色。今日，他觉得这些

---

①　暗示蓝黄两色的瑞典国旗。

②　King Cotton 是一个口号，反映了美国南北战争前，南方的分离主义者使用的策略。

关于自己是世界公民的提醒比平时更令他鼓舞，因为在放逐之地的这几日里，他活在满满的敌意包围中。其实他刚刚采取对策，执行一个几年前已生效却从未实行的、针对拖拉式大围网和普通渔网网孔尺寸的法规，随即遇到了阻力和公然的挑衅，最终他带着外露的鄙视，不得不派出警察并没收渔网。不过，他透彻地说明，国家干预只是为了照顾住民的自身利益，他向那些不想分割农庄而希望有个富裕的儿子养家的人们解释，如果继续滥捕只会让他们的孩子最终沦为领救济金的人。然而说什么也不管用，所有的标准和步骤统统被看作是一堆邪恶官员的诡计，这些官员靠百姓的钱领薪水、以折磨百姓为目的。他徒劳地反驳，是议会的农民代表投票选出了这项法规，而今渔民却将愤怒抛给了农民，也抛给了政府。

于是他观察到这些渔民确实是社会原始状态的残余，无脑而轻率，不像农民会考虑明天和明年。渔民是野蛮的人，三天打鱼，两天晒网，也和野蛮人一样，这些人有一定的消极能力，什么也不做而只是忍，缺少通过发明改变处境的积极能力。他们还带有显著的对抗改革的本能，因此暴露出他们对更高文化阶段的不适应。所有这些渔民是全国人口中的残渣，肥沃的河谷和湖边的奋斗在进行时，他们不能养活自己，只能逃离或被赶到表土终结处的悬崖，不确定的水只给他们留下赌来的获利。如赌徒一般，他们跟好运一样地靠不住，没有仔细盘算补救办法，预先小小地支取被他们始终指望着的大捕鱼的定金，就像路过的船只的海难带给他们意外收获时可能会有的快乐。因此，他们对新来者的怒火立刻给点燃，在这种盲目里，他们看不见推动着监管员的唯一的野心只是改善他们的状况，从劳动中解放他们。比如，领航员的头儿要做气象报告，监管员用旧的粗钻头外加切开的沙丁鱼罐头盒构造了一个可自我调节的风速计，然而这装置没被接受，而是给丢在了阁楼里。他愿意在人们生病时给予援助却总被拒绝。他愿意教那些渔人的妻子，若想阻止炉子在屋内冒烟，只需在烟囱顶用鲱鱼桶做个通风帽即可，但她们朝他扮鬼脸，对着不可收拾的烟继续哀叹。他愿意教一个徒劳地试图种出土豆的渔民，用海草和鱼类垃圾给沙滩施肥，因为他曾在英国海岸看见人们借此取得过长足的成功。全是白费劲。当他看见波罗的海鲱鱼春季大捕捞中剩余的部分如何躺在那里因为缺盐而腐烂时，他愿意传授法罗群岛的方法，就是说在必须时，可用海草灰腌鱼以备家用，法罗群岛岛民制作奶酪时经常这么做。他想教他们的种种努力，却使他获得了一个"无所不知博士"的绰号，还被看作傻瓜，成为人们咖啡聚会或一起喝酒时的笑柄，每当他走过，连孩子都会朝他吐舌头。

　　他是个什么与他被当作什么之间的不协调起初给了他一种滑稽感，后来，冷漠之后，敌意接踵而至，他察觉到了这不协调对自己精神的不良影响。像一片带电压差的雷雨云在他头顶，使他的神经电流感到不舒服，他试图通过中和来消灭它。他感到这许多指向他的看法，将拥有逐步拉垮他的力量，会在他的观点上强加上自己的价值，这个时刻会来临，他将无法再依赖自己以及自身精神的优越性，最后，那种认为他是傻瓜、他们才正确的人们的观点会占据他的大脑，强迫他和他们意见一致。

　　他在这些想法中这里那里地晃荡着，从他的窗口能瞥见的地平线45°内，一个新目标出现了。一艘炮艇以一半马力进入礁岛避风处，卷了帆，抛了锚。透过望远镜，他看见船员们以一种明显的混乱移动着，却并不拥挤，副官口哨一响，每个人匆匆跑到自己的系索栓、绳子和升降索边。船的窄边、伸展的船头那里的铁皮看起来好似要抵抗到崩裂，却朝着前方聚合了它的挤压力，仿佛要从船首斜桅处冲出去，排气管和烟囱强壮的管形，桅杆对抗拉索和横桅索的努力，大炮的圆形炮口，一切都表达出力量的组合阵列，像是安排好的、彼此抑制、相互作用且又相互合作的——这样的观察和思考使他进入了一种和谐的精神状态。对他来说，力量和秩序似乎从那楔形铁船壳里冲出来了，在那里，目的、限制、尺度结合成为一个美的整体，通过反射给出的享受，比一件漂亮艺术品通常提供给那些感觉之路上只看表面的人所受用的要深刻许多。

反思这为水环绕的、小小的、浮动着的社会时，他还想到了另一些东西。他感到自己坚强了，似乎从这幅力量的图景里获得了支持，如同得到会众及董事会授权，将运用所有文化和科学工具，保护那些发展到更高阶段的去避开从下层侵入的野蛮行为；带着满足感，他见过几个经过某种测试被认为特别有见识的人，这几个人用一声口哨支配数以百计不敢对不明白的事装明白的半野人。他不曾被诱惑去犯现代的个人观察上的错误，以为那些低层阶级的人们因为从属地位和粗陋食物受苦。就是说，他很明白他们就处于本该处于的位置上，他们因其地位所受的苦正如那些鱼儿因不能发展为两栖动物所受的苦一样少。至于粗糙的食物，他是从经验里得知的，那一次他邀几个渔民共进午餐，他们拒绝一切却不拒绝能填饱肚皮的，没错，他看见他们在面包篮里挑出更糟糕的黑麦面包而非更精细的小麦面包。他从不相信所谓饥饿，除非偶尔，当不幸到来时，那也只是暂时的，因为那时有贫困补助，这补助常被偷懒和滑头的人滥用，通过装病来强迫补给供应到自己这里。他从不喜欢那些小人物，从不需要对那些微不足道的家伙屈膝，尽管他自己从上流阶层给赶了出去，那个圈子处于普遍堕落期，沽名钓誉、蒙混过关，给那些该生长起来的施加压力。甚至现在，他也无法欺骗自己去高估上层的大致图像，这个上层以战舰的形象一定程度上激发了他的钦佩，可在另一方面却是国家体制的残余，这种体制用压缩气体和贝塞麦气缸在精神上施加暴力。

楼下，他的房主的门给撞开了，闯入者开始饶舌，是被没收了渔网的乌曼。烈酒杯撞响了，吼声和被唤醒了的昨日醉狂同时爆发。

"白痴和百姓的摧毁者，自以为比聪明的渔民懂得更多；躺躺沙发、读读书就能拿到两千克朗；想教老子怎么交配的混账；小偷，鼻子底下拖条猪尾巴到处乱转、抽俄国纸烟的家伙……"

一个高耸的大浪击碎在韦斯特曼披露的情报上，那是韦斯特曼从雅各布·巴吉号上收集来的，有关监管员的亲属关系、他父亲异常的性关系、母亲的低级血统、监管员在先前工作中被免职的暗示，等等。

听到了这些话的监管员试图让自己变成聋子或无动于衷，可这些字眼违背了他的意愿，切割他、弄脏他、伤害他。关于父亲的正直性的旧疑问开始被唤醒，对自我价值的怀疑也被唤醒了，担心在这场污泥之雨中是否能保持干燥、避免争斗，他可能会败于选择武器时的顾虑。

这一刻，战舰上铃声响了，鼓声滚滚，夏风从上百个嗓子那儿带来赞美诗的曲调，那是庄重而有节奏地给安排了的，而后柔顺地传布在水上；在这声音之下，楼下的叫嚣和威胁像是动物园笼子里隆隆发出的，在诗篇的喧腾里上升为咆哮，因为双方在以武力夺回渔网的问题上产生了分歧。

将教会看作考古学的收集或旧时代的有意思的宝塔型建筑的监管员，不由自主地想起了一句话，是一天晚上一位牧师在妓院里讨论基督教崇拜时发表的意见。

"我——以基督之神以及所有那一切的名义，不过请相信我，乌合之众必须给吓唬住！"

"乌合之众必须给吓唬住！"他对着自己默默地重复了这句话，然而在听到楼下的打闹后立刻将这思路抛开了。椅子被推倒，鞋跟死死抵住了什么又踢向家具，家畜般的号叫与爬行动物般的嘶鸣混杂，在所有这一切之间，一个女人的声音喷射而出，每分钟能造出几百个字眼来。

与此同时，蒸汽船鸣响汽笛，锚被提起，帆被升高，而烟囱向蓝色的初夏天空送出烟黑色的云。带着缺失和焦虑，他看着蒸汽船以及那美丽的大炮消失在南面；他觉得自己失去了支持，而仇恨如一口麻袋包围着他，他想逃，出去，到随便什么地方。

此刻，一个孩子哭了，听不出是因为害怕还是疼痛，因为在骚动中他偷偷下了楼，走到港口，解开他的船，尽可能快地离岸。

他离开的是小群岛中最东边的一座岛，先前他没注意，眼下是第一次，因为独处的需要，他得先找到个地方。作为强身运动的憎恶者，他觉得如果存在运输工具和机械设备，运动可以说部分是多余的；部分对他的神经和思考生活有害，因为大脑胶囊那样精致的工具和天文学家保存精密仪器的房子一样无法忍受震动。他从未学过怎么划船，不过他的节奏感、他平衡性良好的运动皮层使他立刻成为一名聪明的桨手，他的物理知识教会他改良旧发明，于是，通过抬高船上的座位，他节省了臂力。

眼下，看见礁岛向船后隐去，他呼吸得更为轻松了，很快在第一座岛屿那儿靠岸时，他被一种抑制不住的快感俘获。这是一座明亮的、低而细长的小岛，沙滩边灰色的片麻岩石块形成了木划子入港的小码头。边缘的海水那么透明，好像浓缩的清澈空气，海藻柔和的颜色在底部闪着亮光，仿佛消散在玻璃的熔液里。沙滩上的石头是经过水洗、干燥和抛光的，闪现出一个永不疲倦的颜色变幻，因为那里没有两块石头是相似的。而在它们之间，发草和苔草正试图堆成一簇。沿着山坡缓缓向上，苔藓凹处的海鸥蛋，三只三只地卧着，褐色里夹杂着黑斑，在这个过程中，鸟蛋的所有者们在他的头顶又喊又叫。他爬上更高处，走到由海洋测量员垒起，让红嘴鸥、小黑背鸥和燕鸥刷白了的石冢边。一些刺柏灌木地毯般延展开来，其下是一大群白色的、柔柔的森林之星[①]即兴准备了自己的生长之地，中欧式山区和北欧式森林的阴影之间的一个连接点。

小小的翻石鹬无畏且快乐地围着那搅扰了这片宁静的人，担心地鼓动着羽翼，要把他从鸟巢那儿引开。

半裸的岩石上没有一株灌木，没有一棵树，这份远离阴影及隐蔽处的自由，给了来访者更明亮而快乐的心情。一切都是开放的、清晰的，太阳洒在山石上，那隔开了他

---

① 中文名七瓣莲，学名 Trientalis europaea。

和刚被他甩开的野蛮人的住地的海水，似乎以一种纯透明的、不可逾越的边界环绕着他。半北极、半阿尔卑斯风貌的自然以其史前文明的形态，让他振作，让他休息。他休息够了，便拾起船，继续划向更远处。他划过三个光滑发亮的小山坡，它们仿佛三道石化的巨浪，手一般裸露，没一点有机生命的痕迹，只是能唤起关于它们的起源的科学和地理兴趣；轻轻触过一块扁平的淡红色片麻岩悬崖，在它的避风侧，站着一棵百年花楸树，孤独、长满苔藓、多节。在它粗糙的枝干上，一只白鹡鸰在繁殖后代，没有屋顶，也没有石头墙。这小小的可爱的鸟儿朝下撞在沙滩石上，想骗过敌人，让他相信根本不存在什么鸟巢，也没什么灰白色鸟蛋。

那孤独的花楸树伫立在约一平方米的草地上，看起来是那么孤独，却又因为缺少竞争者而显得不寻常地强大，良好地抗拒住了暴风、海盐及严寒，没有心怀嫉妒的同类为土屑争吵。他感到被这孤独的老兵吸引，在短短的一瞬间，他向往可以在枝干下支起一个窝棚，不过他继续向前，其间，这感觉也给吹跑了。

在最后一座小岛的岬角上，一道黑色悬崖进入他的视线。因为火山矿物闪长岩看起来像煤炭一样黑。逼近之后，他更抑郁了。那黑水晶化的一大块看起来像是从海底吐出来的，坚硬化后进入和海水或雷云的可怕斗争，已裂成八块，其后，碎片被海和冰带走，拖到深处。这面闪烁着的、陡峭而垂直的黑墙立在小码头外，木划子在它下面停靠时，他觉得自己陷在一座煤矿或一间让烟灰熏黑的铁匠铺里。黑墙挤着他，压着他。他爬上悬崖顶，那里竖着个简易航标，顶部是一只涂成白色的小桶。不见人影的地方出现的这一人为痕迹，混合着绞刑架、船难和石灰的提示，那未加混合而毫无生机的色彩黑与白之间残酷的对照，和贫瘠而粗暴的自然有关，于是，在那里，整块岩石上，甚至没有一片地衣或苔藓。而这木工般的作品没有任何植被在原始自然和人工作品间转换，显得悲惨、不安、残酷。在这伟大的礼拜日的静谧里，他听见自己脚下的石头咔嗒咔嗒滚落，在一个裂缝上垒成了顶，他看见长长的涌浪如何被吸入崖石的下半部，压着空气向前，而后打破沉默，带着嘶嘶的空洞的叹息，再次将自己收回。

他站立片刻，享受着这份压迫，让自己给拉回到那个总带给他厌恶感的旧知觉中，闻到煤烟味，看见工厂和黢黑而不满的人们，听见蒸汽机、城市的喧哗、人声，如同被传达了的字眼，它想咬出自己的路，通过他的耳朵进入他的大脑，播下自己并且如杂草一样窒息他本人的播种，将他费了那么多劲努力培养出的耕地变成和他人一样的野草地。

爬进船儿、背对这片阴郁的景象，他再次享受到无边的水中纯净，空空的蓝好像一幅未描摹的图画，在他面前舒缓地躺着，因为它没有唤醒一丁点儿回忆，没有勾起任何灵感或推出什么强烈的感知。如今，当他接近一座大一些的岛屿时，他作为一个新相识问候它，它能给他说点别的什么，抹去先前体验了的心情。新的礁岩和小岛飘过，每一座都招待出它能提供的一份惊喜，它特别的地貌——时常只有细微的差别，要求一双锐利而经过锻炼的眼睛来看它。而这些小小的悬崖，从划过的船上看去是那么光秃秃、那么单调，简直让人疲倦，在近处观察，则能看到最富于变幻的场景，像同一枚硬币的多种变化，只对钱币收藏家才会透露它的秘密。

　　现在他在一座多少大一些的岛上靠了岸，这座岛不规则的锯齿状外表诱惑了他，特别是在他看见峭壁顶端突出的绿叶茂密的树冠时。当他攀上北部山头黑色基座叫海浪打磨得光洁的岬角时，他发现这岛屿至少和另外四个是一连串的，像是被不同方向的风吹到了一块，通过不同地理构成的聚合，塑造了从所有地带提取出的一幅完整的、统合了的景观图。北部包括一个角闪石石板圆锥体，其下，在沙滩上是巨大的崖石块，是从石头墙那儿滚下去的，还没来得及被水打磨，在这些黑色立方体之间，够古怪地，似乎让神秘的同情心诱惑到了这里，突起一排数量巨大的黑醋栗灌木，色彩晦暗，和那黑色而闪亮的石头调子吻合。在这野外世界里有这么个逃出花园的家伙真是出乎意料，简直是自然的一个玩笑，也许是放在某一次飞到此地赴死的一只受伤的黑琴鸡嘴里的，给最初的文化输送了种子。远处，上头的岩石堆上，有落叶树的小树林，带着淡淡的新绿，然而顶部给切断，有白色树干，像是由一只爱惜的人类之手刷上了石灰。他试图在远处猜测这是哪一种树，和在同一纬度见到的其他树木是那么不同，他猜想这不外乎是洋槐、山毛榉或日本清漆树，它们在南部欧洲很常见。最终，听到那熟悉的白杨的沙沙声时，他不敢相信自己的耳朵。他迅速避开一条在几块石头间水流一样往下游走的毒蛇，走近，便发现自己听对了。那是小树林和野草地的颀长而可爱的白杨，正如北风和多石地，经漂冰和海盐的磨炼形成自己的风格，成了难以识别的变种。在对抗暴风雨及寒冷的搏斗中，顶端发灰而失去树冠，因此只有受着冻的新芽继续抽出、不懈地更新自己，而山羊已啃掉作为保护的树皮，让树汁流了出来。永远的青春在这灰胡子般没有枝条的树干上柔软而淡绿的树芽里，一个没有成年的老人，一个令人精神振奋的异常的人，因为它新，并且超越平凡。

当他在尖锐的石头之间往上爬，并且爬到顶端时，就像在十分钟内爬上了山。落叶树区域躺在他脚下，高原上已出现高山植物，山地形态的刺柏挨着真正的北欧云莓，云莓就在潮湿裂缝里的白苔藓上，这之间是小小的相当文明化了的瑞典草茱萸，也许是唯一的瑞典植物和多岛海植物。现在，他缓缓走下南坡，穿过越橘和熊果的枝叶，穿过发草和莎草、羊胡子草和摇摆的青苔，直到他突然站在一道峡谷边，那里小岛分裂，形成了一条黑色岩壁间的渠道。随着狂野的尖叫，俏皮的海雀飞起，他踩着一座天然石桥穿过浅浅的运河，爬上了一块新的、有着更亮的构成的峭壁表面，到达了这美妙小岛的新区域。

明亮而雅致的霏细岩，淡玫瑰色长石与一块淡淡的蓝绿色石英一起分层，而云母只借细小的白霜般的发光表述自己，给了这整个小景观一个欢快的调子，并且，无休止地开裂，在每一步都裂成沙发和真正的扶手椅招待来人。一条醒目的颗粒状白石灰石的条纹像一根腰带直直地穿过岩石，那上头丰富的砾石被雨水和霜冻弄碎，聚集在那些中等高度的岩壁间。在那里，此刻飞出一道窄窄的山谷，打开了一片给施加了魔法的视野，他惊讶地停住了脚步，落座在一只石凳上，享受这意外的美妙风光。

在他的前边，在那些根部消失于野草地的垂直岩壁间，有一片展开的野草地毯，上边交错编织着纯粹的花朵，品种比陆地上的更高雅、更茂盛。血红的天竺葵从山头走下来，在这底下寻找水分和温度；来自潮湿的莎草草甸的蜂蜜白色的梅花草与森林的蓝黄色山罗花相遭逢；还有那些来自南方的兰花，兴许是由风从葡萄种植地的哥特兰德带到了这里，已移居于此；类似风信子的"亚当和夏娃"；灿烂的四裂红门兰；华贵的头蕊兰；略带修饰的铃兰；在保护墙之间的活跃的石灰和潮湿的海洋空气里，在最繁茂的绿草之间寻求自己的温室。

在远处的背景里，遮蔽了岩壁的白桦和桤木又害羞地在空中升起，没敢在风中抬头；这里那里地把自己种下而站在绿草地毯中的欧洲荚蒾，它们的白色雪球挂在那些和葡萄叶相似的叶片上；倾斜如同在棚架上攀缘，深绿色的沙棘抵着悬崖生长，闪着光泽的叶子隐约让人想起受到盛赞的橘，却更多汁，有更丰富的色调、更精巧的图形和更敏感的结构。

这是一座公园，一个内陆的自然景观漂到了这外海上。他透过裂缝或山谷看见了蓝色的海平线，第一次被景色里的美妙打动。

坐了一会儿，也听了花鸡被海鸥和海雀的号叫与嘶喊打断了的春日之歌，感到孤独如睡眠裹住了他，鸟儿一时安静下来，只有疲弱的大海的微风在白桦树梢簌簌作响，难以抵达更远处的底下。他意外地听到一声咳嗽，惊起四顾，却没察觉到有人的踪迹。

这个从一个人的胸腔发出的苦恼而空洞的声音，在这片寂静的自然中突然惊醒了他，很不舒服地带出一团嫌恶之云。是个和他一样来寻求宁静的孤独之人，还是掠夺鸟蛋的家伙呢？无论何种情形，他都必须将自己从不安中解放，弄清打扰他的人是谁。因此，他爬过岩壁，登上一道石灰石裂缝中的天然石阶，这时才察觉自己正处于这座水螅状小岛的第三区域。越过一段低矮的石头墙——那显然是为了保护开花的田野免于放牧的牛羊的侵害的，他走到了片麻岩上的针叶树区，走在树枝下，在过膝的狼尾蕨间踏步，狼尾蕨在针叶树下形成了灌木丛，像是矮棕榈，却有更清新的翠绿和更优雅的叶子，在它们的脚下看得见红着脸蛋的野草莓。

　　走上去、出了峡谷，他看见一道长着灯芯草的海湾，一些废弃的钓丝落在泥泞之底。他停步倾听，很快听到一个从山坡另一边传来的声音。声音高高扬起又柔和似孩童地继而沉了下去，所以他以为是某个航海的年轻人冒险到了这里。可这语言感觉挺被动，是十分诱人的、机智的、邀约着的，他吃惊于一个男孩会用如此加以修饰的语言表达自己。词汇量不大，是那种受过教育的圈子里常见的，没什么具体而色彩丰富的表达，有一些确定性的陈述是错误的。这人提到树木翠绿却没提树名，把小黑背鸥叫作海鸥，把苍头燕雀叫作鸟，片麻岩成了花岗岩，而灯芯草成了芦苇。

　　显然是个年轻人，带着一份确信，也期待被听见，说了这么久，不想让自己被一个缓慢的老人的咕哝声打断，这咕哝声不时嘎吱嘎吱地冒出个异议或宣告。这会儿，那年轻的声音笑了，从对话判断，是个没来由的笑，好让优美的声音给听见、让白皙的牙齿给看见的笑，一个缺乏有趣原因的笑，一串鸣响的音，没别的意思，除了嫉妒要挤进其中、好从某个真实存在上转移注意力，一个提请注意的信号，一个诱惑！毫无疑问，这是个年轻女子！

　　摸了摸自己的领带和帽子，他无法抵抗地走上最后的山丘，这时，他看见自己的脚下是一幅图画，这幅图画带着所有细节此后将一直停留在他的记忆里。在一小块干燥而结实的草地上，一群苍老的白面子树下，一块白色菱形亚麻布上，中央搁着科尔莫德黄油盘，野餐篮的其他食物也给取了出来而摆放妥帖，餐布边坐着个稍年长的妇人，有着一头美丽的灰发，穿着一件很合身的漂亮连衣裙，紧靠着她站着一位渔民，身着衬衣，手上拿着三明治。而在他前边，一位年轻女子带着玩笑和嘴角刚消散的笑声的涌浪，把手上拿着的、放冰块的啤酒杯递给了那尴尬的船民。

他很快被年轻女子的外貌迷住了。虽然他的自省立刻对他悄声说，她在跟仆从卖弄风情，可他感觉到那幽暗的橄榄色皮肤、那黑眼睛以及那高贵的身形对他有不可抗拒的吸引力。这当然不是第一个一眼击中他的女人，但她属于要吸引他永不会失手的那种类型。他不认为孤独和缺少他人是这一快速选择的原因，因为他完全有同样的感觉：为选择颜色合意的领带而沮丧地从一家店走到另一家，体验不到觅得物品的愉悦感受，最终，他停在了一扇橱窗前，那里头有那个对的东西，一瞬间他感到从压力中获得了自由，他无声地对自己说：这就是那一个！

是走过去自我介绍还是转身返回呢？犹豫片刻，他采取的行动背叛了他。率先发现了他的女子，放下了胳膊，看起来像是个受惊的孩子，显现出诧异的表情，这立刻给了和平破坏者挺身而出的勇气，用一个解释让这群人安下心来。

抬起自己的帽子，他走上前去、打了招呼！

第五章

　　半小时后，监管员坐在这个小小团体的帆船里，他自己的平底小渔船给拖在帆船后头。他已让自己成为两位女士的向导，她俩是为了健康考虑，来东礁岛租房度夏的，所以将成为他的邻居。伴随着某种匆忙降落的热忱，对话愉快地在三位新相识之间进行，就像和人初遇时会发生的那样，他们争相展示自己的社交才能及美好的一面。最不费劲表现的是那位年长的女士，她自我介绍说她是年轻美人的母亲。她似乎抵达了彻底的和谐和认命，所有棱角已被磨平，只是活在记忆里，对自己周围发生的一切多半是无动于衷，对外界什么也不期待，对生活提供给她的一切，无论好坏，都凭借她平静而温柔的天性来接受。

　　在这个年轻男人和年轻女人之间，联系已经建立了，她似乎很享受被人接受，而等待了这么久想要付出的他，感觉到自己的力量在生长，如今，这些年积下的过剩的一切终于找到了出口。他十分大方地花了半个小时，给出所有自己储蓄下的信息，将要在海岛住上一段日子，如今对状况还不了解的她们一定会对这些感兴趣。他描绘了礁岛的所有资源和不足，把当地生活讲述得非常诱人，如此诱人的生活图景是在这个瞬间对他自己展现出的，因为他不再孤独了。而那从未见过礁岛的年轻女子从他的描述中获取了相同印象：她看见自己将要和母亲居住的红木房，是那么雅致、可爱，如他所说，她会喜欢这儿并愿意在此逗留。在他讲述时，看得出他似乎接收到了某种美好而强大的反馈，似乎听到了新思想、新观点从那半开的唇间吐露，那不是要吞下他所说出的，而是在诉说自己的；当她那两只大而诚实的眼睛崇拜又吃惊地仰视着他时，他相信他所说的都是真的，他感觉到在增加的自信，新的力量被唤起，旧的在坚韧不屈中生长。船靠岸时，他内心充满感激，似乎在艰难时刻接受了善行，以至在帮助女士们下船并把她们重重的行李搬上岸时，他不由自主地说出了发自内心的感谢。

年轻女子礼貌地回答："不客气。"却好像她真是从自己储藏的丰富珍宝里赠出了和她依然拥有的藏品相比、微不足道的某个东西。

监管员送女士们到达她们的新家，发现那其实是乌曼的小木屋，年轻女子爆发出一阵狂喜，还沉浸在博毅迷人描述的影响下。这间破败的屋子从外面看起来，因为没有一根直线，从而有些不寻常的生动感。风暴、盐水、霜冻和雨水已毁坏掉每一条笔直的轮廓线，而砂浆从烟囱里掉了下来，看上去像一大块凝灰石。更令人感到愉悦的惊喜是有家居感的、旧式而舒适的室内。两个房间落在门廊两侧，中间是厨房，起居室又宽又大，因为烟熏和岁月而显出暗褐色的墙纸，呈现出一种独一无二的和缓而仁慈的褐色调子，将所有的颜色都调和了。没给人留下多大幻想空间的低矮屋顶，露出了承载阁楼重压的椽子。两扇边框长15厘米的、生了锈的正方形小窗户，透出了码头和大海的景色，外头强烈的光线被白色蕾丝窗帘恰到好处地过滤掉了，遮住了外面的视线，却不会将日光排除在外，似乎夏天的云就挂在凤仙花上，英式釉陶杯上有天竺葵，还有黄色和绿色的维多利亚女王像和纳尔逊勋爵像。屋内的家具包括一张大大的白色折叠桌，一张堆着好几层蓬松鸭绒被的古斯塔夫式木床，一张漆成白色的靠背细木条沙发，报时的莫拉产①摆钟，白桦木橱上有一个披着新娘婚纱、带小抽屉的桤木架梳妆镜，还放了好些瓷器。橱上的一只玻璃罩下立着一只制成标本的鹦鹉。墙上挂了几幅出自旧约圣经的彩色石版画，其中床上那两幅看来出自不那么美好的意图，一幅代表参孙和大利拉，描画得毫不掩饰，另一幅描绘的是约瑟夫和波提乏的妻子。在一个角落里有个占据了一大块面积的壁炉，那黑洞要不是让一块拉绳上的白帘遮住，看起来会很可怕。

这是家常的、牧歌式的、干净的。

另一个房间和第一个类似，里面却有两张床和一个盥洗柜，配了布条织成的地毯，地毯变化的颜色形成一本充满回忆的相册，有祖父的毛线衫、外祖母的开襟毛衣、母亲的布连衣裙，以及父亲的领航员制服；有女孩的红袜带和男孩军装上的黄饰带、夏季客人的蓝色泳衣；有粗羊毛和灯芯绒、棉布和粗呢，羊毛和黄麻；来自所有的款式和衣柜，穷人和富人。

而这房间里头有一个白色餐柜，柜门上涂着图画。美妙小景以贴了金粉的铜质常春藤蔓图案为框，里头有深蓝的海湾、芦苇滩和帆船、来自天堂或石炭纪的不知种类的

---

① 莫拉是地名，在瑞典中部达拉纳省，出产的钟很有名。

树木、动荡的海洋、波浪升起状如马铃薯地的犁沟、一座灯塔好似台阶状崖石上的圆柱，全都是对丰富的自然那无边而多样的形状和色彩的一种简单理解，这一点只有经过高度训练的眼睛才能辨认出来。

然而，这旧式而笨拙的一切正是疗养中最关键的部分，疲倦的大脑得以在往昔之中得到松弛，好让磨损的发条闲置一阵，让弹簧远离紧绷而重获弹性。和那些下层阶级的来往不会诱发为权力之食而进行争夺的战斗，而是不由自主地、每日不时地提醒那些居于上层的人，提醒他们花费了昂贵代价而获得的本阶层的地位，这将减少刺激，麻痹那些贪婪权力的人，以为战斗已经过去。

看见也感受到所有监管员为客人准备了的知觉，两位女士不知疲倦地表达着自己对新住处的喜爱，完全沉浸在对这地方的发现里，以至于没注意到她们的向导已经离开，为的是让她们不受打搅。

＊　＊　＊

周日下午，监管员坐在窗前，见两位女士在底下她们的屋子里忙碌着。他的视线跟随着她们柔软而不规则的移动，对他而言几乎是听到了音乐。如同一系列和谐音调的同样的转调不断传入耳膜，输送到神经系统，同样柔和的振动如今通过眼睛产生，穿过那些似乎从颅骨内的耳蜗那儿伸出的白色的弦，充满胸腔共鸣板并发出回响，穿过整个灵魂的根基传递出振动。总体上的愉悦感流在他过度的注意里，因为他看到她们从箱子里拿出零零碎碎的东西，放在桌子、椅子上时，女人的手呈现的波浪式曲线、女人的臀部和肩膀的上升与下落依然如此具有弹性，尽管对于容易疏忽的眼睛来说，这些动作相当细微。年轻女子在屋里走动时，还是没有形成直线，转身没有形成角、形成边，弯下身子也没有角。

他完全被俘获在注视里，以至于一时没注意外头风中的嘈杂，台阶吱吱响，插销给打开了。

他那么入神地注视着这位年轻女子，认为她的外表十分完美，除了一点，对这一点，他试图让自己视而不见。也就是说，她下巴那儿有几条线太厉害，暗示出对于早已不再抓住和撕扯一块没煮过的肉的人类来说，那是个不必要地过度发育了的下颌；看着她的侧影，他能描画出一幅未来的女巫像，当那一天到来时，老妇人牙齿松弛、嘴唇凹陷形成一个钝角，而鼻子落在突起的下巴上。但他必须克服这一有关肉食动物的提醒，他的视线追逐着她的脸，在想象中重新描画，强迫眼睛从整体角度来看她的脸。

此刻，他听见了脚步声以及下边坡上的喊声。带着野蛮的愤怒，乌曼的老婆领着一群婆娘出现了，她们拖着从晾网架上胜利抢回的渔网。

他觉得自己的权威受到了侵犯，匆忙戴上帽子，走到楼下海关主管那儿寻求帮助，因为海关主管是服务于国家的，所以有义务给予协作。

屋子里，海关主管坐在咖啡桌边，每当韦斯特曼外出打鱼，海关主管的胳膊总搂着弟媳的腰。监管员走到门口，海关主管丢开胳膊，在被揭发的恐惧的影响下，表现出更强烈的服务愿望，不然不至于如此。而后，他戴上那顶带金线装饰、有檐没边的帽子走了出去，急切地想做一个正直之人。他对那些婆娘发出风暴般的咆哮，并紧紧地抓住渔网。

"该死的老女人，不知道打破政府的锁和封条会被处以劳役么！"

老女人们用咒骂的合唱作答，同时影射了监管员和海关主管，领头的女人说，她们才不在乎什么政府的锁和封条，而两个绅士都具备随时给关进长岛监狱的特征。

这下点着了海关主管的怒火，他朝手下喊，去叫警察。

"警察"两个字让人们聚集而来，就跟刮擦一座蚁丘时，蚂蚁会从每个洞穴和角落爬出来一样。

人们看来是立刻准备好站在女人一边的，纷纷发出威胁的字眼。不过，监管员觉得眼下是自己出场的时候了，不然会显得还要站在下属的保护伞下。于是他走到众人面前，问他们想怎么样。

可他没得到回答，他便转向妇女们，用一种礼貌而严厉的语调对她们说：

"正如我先前通知你们的，议会或者说你们自己选出的代表为了你们的孩子和后代做出决定，必须通过严禁使用这一类工具而使鱼类得到保护，使用它们不会给你们带来任何好处。你们花了三年用坏了那些旧网，却还用新网来违法，我依从政府的规定不得不没收违法的工具。不仅如此，你们不顾法规，打破政府的锁和封条，这种行为可以处以劳役。假如你们能低头，能听从，我现在依然愿意以宽容代替裁判！因此，我最后一次问你们，是否肯带着好意把渔网还回去？"

对此，女人们用新的尖叫和新的咒骂的阵雨来作答。

"好吧。"监管员结束了讲话，"既然我不是警察，而你们有这么多人，我请海关主管叫警察和助手来，同时下达一项政府命令，逮捕乌曼太太。"

说完最后一个字，他感觉到有一双柔软而温暖的手抓住了自己的右手，一对大大的孩子气的眼睛直盯着他的眼睛，还有一个好像在为自己孩子的性命请求的、带着母亲的语气的声音：

"以上天的名义，给一个不幸而穷苦的女人一点同情吧，别伤害她。"那个在争吵一开始就跑出屋子的年轻女子请求道。

监管员想挣脱开自己的手，躲开这双大眼睛，这眼睛的凝视令他难以忍受，但他感觉自己的手给握得更紧了，最后抵着一个柔软的胸脯；他听到融化的声调里的字眼，并完全被征服，于是对这美人低语："放开我，我会放过这件事。"

女子松了手，瞬间定好计划的监管员一把抓起海关主管的胳膊，拉着他朝高处的海关小屋走，似乎要对他发布一些命令。他们到了门口之后，监管员以一副做出新决定的样子，简短而明确地说：

"我将以书面形式亲自同政府部门联系。总之，感谢协助。"

而后，他往上走向自己的房间。

当他独处并积聚了自己的思绪后，他不得不承认自己最后的处理办法是让低级冲动给左右了。在那一刻，性冲动支配他居然已经到了这么高的程度，以至于他让它欺骗了自己，做出了与法律相悖的行为，因为谈不上对这些人有什么同情，相比之下他们还是有钱的，拥有自己的房子、可捕鱼的水域、船、价值数百克朗的工具，拥有海豹岛和鸟岛。此外，纳财产税，有几处他们可以出租的小屋。一个女人征服了他的虚假表现并未在他思绪里占据一席之地，因为他完全明白，在所有的时刻，他都是陷落在自己的那份冲动和兴趣里的，就是说，他想的是从这女子那儿有所得。可在众人面前，他的权威没了，声名扫地，从此以后不管是老妇人还是小男孩都会觉得自己的权威在他之上。对此，他其实漠不关心，因为无论他对那些可怜的家伙是否拥有权威，他自己差不多都一样。在他看来，更糟糕的是，这个他如今觉得必须与之结合以便快乐的女人，从最初那一瞬间就习惯于让她自己相信，她赢了他一拳，而未来的结合里的平等关系给破坏了。

以前他自然有过很多喜欢以及建立过关系的女人，然而，他认为女人是介于男人和孩子之间的中间形态。这一充满男性优越感的固定意识，他没法隐藏太久，因此，他和女人的关系都是短暂的。他希望被一个女人爱，这个女人必须仰视他这个更强的人，他必须被崇拜而不是去崇拜，他必须是那个主干，上头有被嫁接的弱芽。但他出生在充满精神瘟疫的时期，女性气质被堕落的病夫带来的传染性的妄想狂，也被需要大众投票的政治侏儒摧毁。因此，他不得不独身。他完全知道，在爱情里，男人得付出，得让自己受愚弄，接近一个女人的唯一方法是四肢着地。他有时也爬了，只要他爬，一切顺利，可当他要直起身来时，关系就会终结，总有很多指责，认为他欺骗，认为他佯装屈从，认为他从未爱过，诸如此类。

此外，作为一个拥有高度的智力享受、感觉自己属于另类的人，他不曾对低级情感抱有热烈的欲望，也从未希求成为"寄生虫"依附的基础，从未渴望生育竞争，他强烈的自我曾经起身反抗，不愿沦为一个女人的家族繁衍工具——这正是他看到的几乎所有同龄男子所担当的角色。

尽管如此，眼下他又站在两难境地里了：通过让自己被同化来同化一个女人，伪装自己，或让自己表露出他不曾感觉的，他做不到；不过他具备一种强大的能力，能让自己适应和人的交往，将自己置身于他人的角度进行思考并受苦，因为从他人那里，他从未找到别的，除了自己经历过的那些过去的阶段。因此，他只需从记忆和经历中取出，放手，减少未来的张力。他总能在女人的陪伴中找到快乐，就像休息和分神，正是在这一基础上，甚至是因为能感觉年轻，就像和孩子们在一起时所感觉的那样，这种陪伴成为一种强化的娱乐，只要不至于持续很久或是恶化到吃力的地步。

　　如今他感到想要拥有这个女人的决心在体内生长，不过，尽管他是一名研究者，知道人类是哺乳动物，但他清楚地明白人类之爱虽然和其他一切有一样的发展，已获得更高级的精神本质的成分，却没丢开感官基础。他完全知道大量的、有害的神性如何带着基督教的反作用潜入，来对抗应该消除的纯兽性反应。他不相信隐藏着不可示人之一切的假正经，同样地，他也不认为夫妻结合的目的只是床笫之欢。他想要一种拥有身体和灵魂的完全结合的亲密，在那里，他作为更强的酸可以中和被动的盐基，却不是在化学里形成一个新的无关紧要的身体，而是相反，留下多余的、始终给予组合物自身特点的自由酸，并准备好中和每一个盐基想挣脱的尝试。不过，人类之爱并非化学的结合，而是心理和器官的，在某些方面和前者类似却并不相同。他不指望谁来扩大他的自我，不指望能增强力量，只要一个生活乐趣的提高。他不是往外寻求帮助，而是提供出自己，作为帮助，以体验自己的力量，在衡量自己力量的过程中体验到一种享受，以满满的双手来播撒自己的灵魂，而并不因此觉得更弱了或是更缺乏了。

他这么想着，让视线穿过窗户瞥向外头，视线立刻遇到了他要找寻的，因为那年轻女子就站在门廊外，弯腰接受着女人和男人的握手，在孩子们头上轻拍，看起来是被那么多的情感——因为她公然的同情而引发的情感——征服了。

"多么古怪的对罪犯们的同情。"监管员想，"好一个对精神贫瘠之徒的爱！而他们对彼此的心理理解得多么好，似乎在吹嘘自己就是情感本身，相信情感比清晰而成熟的思想更重要。"

整个场景是一种荒谬的编织物，它没法被厘清，映出这些大脑和脊髓想要进行一番理论的、那第一次虚弱尝试里的混乱。

她就站在那里，这个把他哄得甚至违背了法律的人，正像天使一样得到人们的崇拜。假如现在，他的违法在他们看来也是个良好而体面的行为，那么他这个给予他人方便而非裁决的人理应获得感谢。那群人显然认为他不该得到感谢，他们明白，他的行为动机并不是对他们的善意，而可能是对一个年轻女子更温柔的情感、殷勤，或是赢得她的喜欢。没错，不过若是这样，那么她的表现的动机自然可能是赢得群众的赞同，得到喜欢、受欢迎、被握手；这里的群众扮演了舞会沙龙的观众、街头或广场散步者的角色。她通过肢体碰触诱骗他，也许无辜，也许带着算计，也许一半一半，参与一桩差劲的行动，因此她受到崇拜。

可现在，他必须赢得她，于是，他把所有对关系的沉思塞入口袋。他在瞬间发现，借助她这个媒介，能将自己的观点和计划传播给众人，通过这一导管让群众有所动、强压出他们的善行、将他们变成他的附庸，而后，他可以坐着并且微笑，就像上帝面对他们的愚行而笑：他们以为自己创造了自己的幸福，却只是带着他的想法、他的计划怀了孕；从他伟大的酿造里吃了点残渣，而那强烈的麦芽饮料永远不会碰上他们的嘴唇。他真正关心的是这些荒凉礁岩是否能养活半挨饿的多余人口。他又能对这些天敌产生什么怜悯之情呢？这些代表了惰性的大众、扼杀他的生命、阻碍他成长的家伙，他们自己在每一道踪迹里都缺乏对彼此的同情，带着野兽的震怒、迫害他们的恩人，而那恩人的唯一复仇则是新的恩惠。

这对他来说会是一种巨大而强烈的享受，坐在那儿不受注意，给当作一个傻瓜，并且引导这些人的命运。在这一过程中，他们相信自己已征服了他，切断了他的联系，捆住了他的双手。他将用盲目打击他们，扭转傻瓜们的看法，他们将使自己相信，他们是他的上级，而他是他们的仆人。

当这些想法聚集并最终形成一个强大的决定时，门被敲响了，随着监管员的一声"进来"，海关主管露了面，送来了女士们的喝茶邀请。

监管员道了谢，保证一定会去。

他穿戴好，考虑了该说和不该说什么之后，便下了楼。

在门廊那儿，他遇到玛瑞尔小姐，她以夸张的热情抓住他的手，带着感动说道："谢谢您为那可怜的女人所做的一切！太高贵了，太伟大了。"

"不，亲爱的小姐，事实并非如此。"监管员立刻回答，"因为从我的角度看，这是个让我后悔的、糟糕的决定，只是出于对您的礼貌而下达罢了。"

"您用单纯的礼貌中伤自己，可我觉得真诚更有价值。"这位小姐答道，与此同时，她的母亲出现了。

"哎呀！您是个好孩子。"她母亲用那不可动摇的确信插话道，并请监管员进入起居室，那里茶已备好。

为避免在没完没了的提问里陷得更深，他走了进去。此刻，他一眼看出渔民小屋的简单家具中是怎样混入了破损了的、城市居民那奢华的残余。橱上摆着年久而发黄的雪花膏瓶，窗台花盆间有一些照片，一把带花卉图案印花棉和黄铜钉软垫的扶手椅立在壁炉边的角落里，沙发桌上有几本书，围着一盏油灯。

这一切看上去是整洁的、安排好的，却带有一种严谨的、数学式的精确，一切都是对称的，不过某些本该笔直的地方还有一点倾斜和弯曲。带金边和樱桃红字母组合的老萨克森瓷器茶具，这里那里有些开裂，茶壶盖上有几处锔钉。而后，他观察到已过世的一家之父的肖像，却没敢问这位父亲以前是做什么的，看得出是位政府官员，他明白这里存在的是"不体面的穷困"①。

起初，对话围绕着视线所触及的一切进行，继而转到今天所发生的事件，再转到这里的住民。监管员立刻听出女士们对其他人的事很感兴趣，对下等阶层的福利有一种病态的不安。既然他看出自己的坦率冒犯了女士们，而他的拜访并非只想独抒己见而刺伤对方，他便立刻停航，而让自己被她们的话题推动。有时，内心情绪升腾，他会斗胆说出自己小小的评论或意见，可立刻会有一双柔软的手

---

① 破产的富裕家庭中的贫困，以区别生来的贫困。

放在他唇上，或有一对缠绕的胳膊围住他的脖子，于是语词梗住了。此外，这里的看法如岩石般坚固，一切都是既定的，所有问题都是讨论过的；从他那里读出对她们的公理的一丝疑问时，她们只是带着温柔的宽容，友好地笑一笑。而后，交谈逸出航线，偏入住民的道德和精神状态问题，在这方面监管员完全同意她们的意见。他用燥热的上午的野蛮来描绘醉酒与打架，抱怨启蒙的欠缺，最终讲述出那些暴露了完全的异教特质的场景。他谈到渔民是怎样把祭品放在石头上，取来教堂窗户上的铅给枪上膛；谈到雷鸣后托尔的山羊，以及灰雁在春天到来时奥登的狂野狩猎；谈到那些内岛住民是怎样听任喜鹊糟蹋鸡，因为怀着对未知的复仇者的恐惧而不敢拆了鸟窝。

"嗯，"官员[①]夫人插话——在一件还待在桌下的行李上，她有这么个头衔，"这不是他们的错，若是他们离教堂没这么远，可能这里的民风看起来会不同。"

监管员没有想到这个方面，然而他看到了一股可以获得并作为同盟的巨大力量；早晨观察海军蒸汽船上的礼拜而得出的想法的种子膨胀了，他带着真正的狂喜脱口而出："不过可以用低廉的成本建造一座传教屋。想想看，若是我给基金会写封信的话。"

女士们对这话题表现出极大的热忱与兴趣，还保证她们也可以给基金会及其他组织写信，她们提议安排个慈善芭莎，可转眼一想，这里并没有什么跳舞的群众。

监管员自告奋勇地表示能预付费用，处理建造的问题，传教屋可以在木工厂事先做好，这样就解决了所有难题，

---

① 　原文中的官员指瑞典法律金融和行政管理部的官员。

女士们只需找一位非神职传道者①即可。"不过,"他补充道,"在这种情况下,应该先为这个地方找那种严厉的传道者,能跟这里的人打得了交道,给他们带去一场最严肃的、艺术的启蒙运动,因为半吊子在这里可不合适。"

女士们提出轻微反对,建议采用更有爱的办法,然而监管员表示,这里的基础本身就那么可怕,务必先进行初始教育,而后才谈得上爱。

一个伟大的共同兴趣将这些灵魂焊接在一起,在这一过程中,他们因伟大的爱之火把自己弄得炽热无比,他们谈到了对万事万物的、满溢的全部仁慈;彼此握手;在一份对聚合起三个好人的命运的祝福与庆贺下道别,这三个人将一致为人类的至善而工作。

监管员走出门,他摇晃了一下,仿佛想抖落什么灰尘,感觉自己造访了一座磨坊,当然乐于看见所有的一切都带上柔和而半白的面粉色调,桦凿、木头、亚麻布、玻璃,都在一个和弦里,碰触带着面粉粉尘的门锁、扶手、麻袋都产生了同样朦胧的感官快乐,然而同时也让他难以呼吸,需要咳嗽、拿出手帕。

尽管如此,这是个令人愉悦的夜晚。来自母亲那里的、无从察觉的温热射线溶解了干硬的思想,年轻女子散发的热忱和孩子气让他觉得年轻。他年少时关于抬高底层、保护那些生长受到阻碍的病人和弱者的孩童式信仰在今日成了幼稚的想法,如今他知道的所有这些和能促进人类幸福与进步的那一切完全相悖。每每看见所有强大的、每一个原初性的勃发如何被那些境况不好的人追击,他会本能地

① 非神职传道者,指没有接受过神学教育的凡俗传道者。

仇恨。而今他将要与这些与自己相悖的一切结成同盟，忙于自己的毁灭，在水准上压低自己，虚伪地和世敌共事，把战争基金交付对手。想到这些权力试炼会带来的享受，他陶醉了，将步伐转向底下的海滩，好在孤独中重新发现自己。此刻在这静止而温柔的夏夜徘徊于沙滩，在这个认出自己前几日脚印的地方，他熟悉每一块石头，知道有这种或那种野草在生长，他注意到一切有了一副新的外观，现出一种新姿态，给出了和前一天走过时全然不同的印象。一个变化出现，某个新东西介入了。他再也无法唤起那份面对自然和人类时感到的巨大孤独，因为有某个人正站在他身边、身后。隔离给打破，他被焊接到那小小的老套的生活里，丝线已围绕住他的灵魂纺织起来，顾虑开始束缚他的思想，在朋友的想法之外，他怀抱着独自的认识，对这一点的恐惧和怯懦抓挠着他。在错误的基础上建筑幸福，他可不敢，因为当他爬到山脊时，也会一下子跌倒，那会摔得更重、痛得更深，可这依然不得不发生，假如他想拥有她，而他想要以一生的劈山之力将她举起，举到自己这里来吗？怎么才能做得到呢？他不能将她从女人变成男人，或从她的性别赋予的不可治愈的倾向里解放她。不能将自己花费三十年所受到的教育送给她，也不能将他所经历过的发展变化以及通过自我奋斗而获得的那些经验、那些研究赠予她。那么，他不得不把自己沉降到她那里，可这沉降的念头像一个可以想见的最大罪恶折磨着他，沉降、向下，重新开始，而且这绝无可能。剩下的，就只有他将自己弄成两半，切开自己，造出个对她而言易懂也易接近的人格，扮演受骗的情人，学会崇拜她的低等性，习惯于她喜欢拥有的角色，就这么在沉默中为自己秘密地活着生命中另一半的自我，一只眼闭着，另一只睁着。

不知不觉，他已登上礁岩。这一刻，他看见下边渔村的灯火，听见挫败敌人后野蛮的尖叫、欢庆的呼喊，他这个敌人其实是想将他们这些人的孩子、孩子的孩子从贫困中拯救出来，节约他们的劳动、给他们新享受的。想看到这些野蛮人被驯服的欲望再次被唤醒，好看到这些"雷神崇拜者"跪倒在白色基督膝下，巨人们倒在苍白的阿萨神族之下。野蛮人必须走过基督教，如同走过炼狱，学习对弱小的肌肉里精神力量的崇拜，大迁徙①的残余在能够抵达思想的启蒙和行动的革命前有它的中世纪。

这里应该是让礼拜堂竖立于礁岩最高山脊之所在，它小小的尖顶竖起，在瞭望台和旗杆之上，老远就和航海者招呼，如同一个提醒，关于……在这里，他停住了，思考了！弯下腰时，苍白的脸上滑过一丝嘲笑，他拾起四块片麻岩碎片，走了30步长、20步宽后，从东到西摆出个长方形。

"对那些航海的人来说，这将是个多么好的、看得见陆地的标志啊！"往坡下走时，他这么想着，而后上楼就寝。

---

① 大迁徙指公元 4 世纪至 6 世纪之间欧洲发生的多次民族迁徙，从罗马和希腊的角度，也称蛮族入侵。

第六章

　　监管员为了工作，两天来把自己关在室内，第三天早上，他出门到海滩散步，碰巧遇上了官员夫人。她面带焦虑，监管员问起她女儿的健康状况，得知小姐身体正不舒服。

　　"因为缺少娱乐。"他随口说。

　　"是啊，可在孤独中又能做什么呢？"那担忧着的母亲答道。

　　"小姐可以到海上去，钓鱼、扬帆，活动身体。"他不假思索地开了处方。

　　"哎呀，"母亲接着说，"但我可怜的玛瑞尔没法一个人出去呀。"

　　因为他这会儿只有一个答案，他表示：

　　"倘若女士们愿意我作陪，乐于效劳。"

　　这位母亲觉得他实在太好了，接受了这一提议，表示她要立刻让玛瑞尔穿戴好。

　　监管员走下码头备船，半途，他的步履踉跄起来，好似在走下坡路，身体的重量推着他以比自己愿意的速度更快速地向前。他内心很不情愿未及考虑就被外力推出个仓促的行动，他想拒绝却不能这么做。太迟了，而他任自己漂流，意识到自己依然可以一直掌舵并决定航线。

他在自己的布来京橡木船上升起船首三角帆、运舵、松开船艄系留索、准备好了把它扔开，这时，小姐和她的母亲出现在了海滩上。小姐穿着带白色装饰的群青色连衣裙，戴一顶蓝色苏格兰羊毛帽，穿戴非常得体，带着某种男孩子气的活泼表情，完全不同于几天前表现出的天使模样。

监管员向她打招呼并询问她的健康状况，而后伸出手去帮女士们登船。小姐抓住伸过来的手，轻松跳进船，随即被安置在船尾舵柄那儿。可当他接着将同一只手伸向小姐的母亲时，她的母亲解释说自己不能跟随，因为要准备午餐。遇到这一巨大意外的监管员，再次感到想抵制这股拉他去不情愿之地的柔软力量，但他还是忍住了，怕显得没教养。所以，在短暂而深深的懊悔之后，他只好省去官员夫人的愉快陪伴，扔开船艄系留索，吩咐玛瑞尔小姐转舵，把主帆索放在她手上，升起了帆。

"我可不会航海！"姑娘喊了起来，"我从没有掌过舵！"

"这不是艺术！按我说的做就行，您立刻就能掌握。"监管员回答，他在姑娘跟前坐下，帮她操纵。

一股柔和的微风吹送，船近风滑出码头。

监管员抓着三角帆索开始指导这位美丽的掌舵人，他不时握住她的手腕，顶风压住舵柄，直到他们完全到了外头的海面上，有了速度，抢着了风，就可以躺着直抵礁岩。

责任、努力、掌控着牵涉两条生命的船只的感觉，唤醒了这柔弱的女性外形里麻木了的力量，看到船儿如何遵从那一只手的轻压，注意地跟随帆船位置的她的眼睛，带着勇气和信赖在燃烧。她出了错，他便用友好的言辞纠正，借表扬她的警觉给她继续的勇气，仿佛自言自语地解释整个过程，从而消解了困难。

她因为快乐而喜气洋洋，开始谈起过去，谈她的三十四载，她如何以为生活和勇气已经消逝，如何觉得自己又年轻了，如何一直梦想有一个动态中的生活，特别是男子气的行动，好将自己的力量奉献给人类、给其他人。她明白，作为女人她是个为社会所鄙视的……

监管员倾听这一切，就像听一个熟知的秘密，一个想获得平等的、荒诞的斗争公式，而自然本已特意弄得尽可能不同、好节约人类的劳力。眼下要解释这个，在他看来是徒劳，他的角色就是做一个心怀感激的听众，让她说出那些新鲜的风将吹走的病态想象。没拿出刀来切掉她混乱的想法带给他的一团纠结，他干脆装作没看见，却摸索着推开它们，通过收集自己故意激发出的印象，把旧的一团卷起当作线轴，唯一的好处是，使之成为从他富有的拉线棒上纺出的新线的基础。

仓促中，他即兴准备出一个如何用礁岩提供的材料做实物教学的方案，他会在生动的图画中，不叫她察觉地，于几小时内让她走过一份以为是从外而来的感动。以这样的方式，他可以偷偷带入自己的灵魂之网罩住她，将她的弦和谐地调到他的乐器上。随着头部的一个动作，他此刻给出信号，船要抢风航行，接着他松了松帆脚索，船离开了陆地视野，飞溅出去，到了外海更开阔的水面上。宽广的地平线，没有什么被遮蔽的无边的光之海，在美丽的脸庞上投下一道亮光，小特点给放大了，隐约可见的皱纹被抚平，整个表情有一种从日常的关切、从细致入微的想法中自由了的特征，眼睛在一瞬间可以纵览地球球体如此广大的部分，似乎看到了一个宏伟的规模，于是那小小的自我膨胀，感到自己相对存在的力量，而现在，那些长长的海浪以强烈的节奏缓缓提起和扔下小船，他看到了狂热是怎样地与想压下去的恐惧交织。

注意到这壮阔的景色没有失败于生成一种强烈印象，监管员决定将文字放在澎湃的情感的微弱音乐下，引导她萌发的思想走到他所希望的大路上，松解膨胀的种子上的外皮，好让嫩芽冒出来。

"这看起来就像星球！"兴会来临，他演说道，"地球，这陈腐、沉闷、满是泥土的，成了一个天体。当人们消除敌对，在天堂和地球间的错误敌对，不觉得自己已参与到天堂里了吗？它们是同一个，就像部分和整体。当您凭借智力战胜了风，它想去左边时，迫使它送您到了右边，您有没有察觉自己如何生长而非退缩？当您驾船在浪之上，它有一千碗磅的重压，能把您压到最深处，您没感觉到内在的巨大力量吗？那个被认为创造了鸟翅的，还有那个需要五万年把一只爬行动物做成飞鸟的，都不如那个人敏捷，第一个将帆布放在杆上，瞬间发明了航海的那个人。假如人类从自己的神像中造出了上帝岂非古怪——从自己的机智中设想出一个更机智的！"

专注地听他滔滔不绝的小姐，一直凝望着他的脸，好像要把自己的脸对着一团火，好让自己被温暖；那些她听到的不寻常的话似已沉浸到脑子里，起着酵母的作用。仿佛上了麻药，被柔软而有说服力的调子催眠，她不假思索地接受了他给出的关于之前对她来说毫无生机的单调风景、关于生命的起源和意义的新观点，却没意识到她自己的宗教虔信在分解前已让泥土覆盖，她拿起了新的、将它堆在旧的之上。

"我从未听到过有人像您这样说话，"她做梦似的低语，"再多说一些！"

他沉默，随着一个新手势，船进入了新航程。

他们逼近了斯瓦特博旦，险恶的火山形成期的产物。黑色而发光的闪长石以及被称为"白母马"的死白色的航标，在阳光下显得更加惊悚阴暗，似乎在徒劳地试图淡化那黑与白的极端色调。

一片云滑过姑娘的脸庞，特征缩小，眉头皱起，眉毛仿佛要掉下来，盖住一幅忧郁之图。一个不引人注意的舵上动作，表示她想躲开礁岩，但他为船指出了前进的方向，随着风挤压的力量，船加速跃入那些黑色悬崖间的峡谷，海浪叹息着，吸吮着船儿向前。

船内静了下来，监管员不愿试着猜测女伴被唤醒的幽暗记忆，只是指了指留在黑岩石上的、苍白的长尾鸭残骸。

风又抓住了帆，填满了它，将船吹送到了外海上。

他们路过有唯一一棵树和树上的白鹡鸰的花楸岛，抵达剑岛——那个他第一次看见她的岛。他们在那里靠岸，他带着她走着，就和礼拜日上午他走过的一样，让她体验自己曾获得过的、相同的印象，带着她走下开花的草甸，给她看野生的沙棘间、他第一眼看到她的地方。

眼下，她步入一种嬉戏的心境，既然所有这些对细枝末节的观察都附着在他的记忆里，这一定意味着他已被击中。他讲起第一次听到她咳嗽，她笑了，在玩耍的冲动里，她叫他走下去到同一处地方并且说话，而她要来猜一下是谁在说。

他顺从地从岩石上跳下去，在白面子树后模仿出公牛的低吼。

"不会吧，他能唱得这么好！"姑娘开起玩笑，"这一定是个霍屯督人演员。"

从她的孩子气中找到快乐的监管员已经多年没跟小孩一块玩耍了，他继续扮演着这个角色，走到绿地上，外套里子朝外反穿着，长柄眼镜挂在一只耳朵上，还即兴伴着一首歌跳起了一段带着野性的舞蹈，这首歌是他在巴黎动植物驯化园听霍屯督人唱过的。

姑娘看来是给惊着了，也乐坏了。

"知道吗，"她说，"我更喜欢您像这样，这么一来，我看见您在短瞬间可以是一个人，而抛开了那一副哲学家的表情。"

"霍屯督人在您眼里更像一个人而不是哲学家吗？"监管员顺口说道，可他立刻后悔自己在唤起她的意识，他从白面子树上折下几根枝条，编了个花环，递给这个意识到说了蠢话并泄露了自己因而神情黯然的姑娘。

"现在，您该给那做了牺牲的加冕花环了，玛瑞尔小姐！"监管员转换了话题。"我希望，我是为了您得以走上屠宰台的百牺祭里的那第一百个。"

他跪下来，接受被安抚了的美人的花环，而后他朝着海滩跑下去，姑娘跟着他。

他们在底下的沙滩边站住。

"我们打水漂吧！"姑娘提议。

"好啊！"他回答，挑了块扁石头。

他们对着水面扔了好一会儿石头，直到他们感觉身体发热了。

"我们游泳吧！"姑娘突然喊道，似乎已想了很久，必须喊出来才行。

监管员不清楚到底在哪儿算是在家中，这到底是玩笑还是有所保留的认真提案呢，就好像暗示可保留一部分衣服，或是一部分可以脱掉。

"您游您的吧，我再走得远些。"最后，他想到了这个答复。

"那您不洗了？"姑娘问。

"不了，我没带泳衣，"监管员回答，"再说，我不洗冷水浴。"

"哈哈哈！"一阵凉凉的、令人不舒服的嘲笑从姑娘嗓子里响了起来。

"您怕冷水？"姑娘讥笑，"也许不会游泳？"

"冷水对我敏感的神经来说太粗糙了，不过，要是您在这里洗一个冷水浴，我就到北面岬角洗一个温热的。"

姑娘已脱了靴子，朝他扔来含着轻蔑和受了伤的、自负的眼神，她说："您看不到我吧，从那儿？"

"只要您没游出太远。"监管员回答道，然后走开了。

爬上了小岛北面的峭壁后，他在岩石上找到一个被一面50尺高的石墙挡住北风的裂缝，黑色角闪石片麻岩让海浪打磨得如同玛瑙，并把自己弯曲成柔软而精细的卷，类似于人体肌肉，悄悄在赤足的脚凹下做着柔软的长筒形的垫子。没有一丝微风吹到这里，太阳已对着黑石头照射了六个小时，因此这里的空气比体温要高出好几度，石头几乎在脚下燃烧。他先前已下船拿了一把斧头，眼下他用斧头砍掉最干燥的帚石楠枝和海燕麦，在岩石上弄出一堆燃烧的火，同时脱去了衣服。火快速烧完后，他就像清理烤箱一样将石块扫干净，再用水斗把晶莹的海水浇在滚热的石头上，让蒸汽围绕他赤裸的身体。而后，他坐在一把大海从崖石中刻出的扶手椅上，拉开一条毯子裹住身体，双膝蜷缩在下巴底下，闭上眼，看上去像是沉入了睡眠。可他没有睡，他用这办法"给自己上发条"——他起了这么个名字，为的是让大脑休息那么一会儿并恢复生机。因为与他人混乱不清的想法共处，这种迁就对他而言十分吃力。他的思想导致他在与人接触时很受煎熬，担忧、不可靠，就像指南针的指针靠近了磁铁。每次他要想清楚什么或形成一番结论时，就会借助温暖的海水浴把自己的灵魂放进一种和谐的麻木中，通过什么也不想的方式将意识熄灭一时半刻，在这段时间里，所有接收的观察对象似乎都融化了，而后当他灭了火，醒来回到意识里时，合金便涌出了。

坐了一会儿，太阳暖透了身子。他突然起立，仿佛从一夜睡眠中苏醒一般。他的思想又开始工作了，看上去他很开心，就像是解决了一个麻烦。

"她34岁，"他想，"她给人年轻而美丽的印象，我把这一点忘记了。因此，她会有走过的所有阶段的混乱，会有在生活中连续扮演的不同角色的一个个块面，以及从她试图赢得和适应的男人们那里折射的诸多变化。而她最近肯定在某个桃色故事里破了产。"他，将所有这些灵魂碎片集中在一起的人，跌倒了，袋子破了，现在，所有的一切躺在那儿，像一堆拾荒者的垃圾。她展示了来自1850年的牧师宅邸而带着世纪初的人类救援行动的浪漫样本，来自《鸽子之声》①和《虔信派教徒》②的对景气循环的热忱信仰，来自乔治·桑和雌雄同体阶段的犬儒主义。在这把已让好

---

① 1848年创办的基督教儿童报刊。
② 1842年创刊的宗教刊物。

多残渣废物穿过的筛子上找底，解开一个并非谜语的谜语，他过于明智，不会在这事上浪费时间。剩下的他能做的就只有在骨头堆里挑出那些适合拼出一具骨架来的，而后，他会在那骨架上填进活肉，吹进他的气息。可这一点不能让她觉察，不然，她一定不肯。她将永远看不到，她是如何被他接收的，否则只会唤醒她的仇恨和抵制，他将如同根茎在地下生长，把她嫁接在自己身上而抽芽，让她对世界展现自己，开出人们崇拜的花。

　　这时他听到海鸥的嘶喊，明白这是因为她游离了海岸。于是他赶紧穿好衣服，收拾好自己的东西，从船内储物板下挑出一顿小小的早餐，铺在一棵带几分伞松风味的松树下的苔藓上。

　　只那么几样，但每一样都珍贵而精致，摆在一件件瓷器上，那是他一度收集的瓷器藏品的残余。一只带螺纹盖的蛇纹石盒里闪耀着蛋黄色的黄油，亨利二世彩釉陶器①碎片上的是冰块，玛丽贝里格子纹磁盘上的是饼干，蓝点的讷韦尔茶杯碟上则放着鳀鱼。对于艺术、工业和日常生活中无处不在的、破坏性的平庸的恐惧，曾敦促这批瓷器的主人着手对不寻常的一切的现代搜求，当代可怕的琐碎以及对独创性的仇恨，逼迫他像其他许多人一样进入那雅致的事物里，试着让自己的个性免于在巨大的滚石流中被磨光。他的精致发展的感性没去搜求形状和色彩极易过时的伪劣之美，相反，他愿意在周围事物中看到世界重大事件的历史和记忆。这亨利二世彩釉陶器碎片上，奶白色黏土

----

　　①　这种瓷器于 16 世纪初在下文提及的海莱娜·德·俊利斯作为堡主的城堡里进行生产。带藤蔓状花纹装饰，让人联想到同时代的封面设计。

中嵌着红色、黑色和黄色，唤起有关美丽的、带有文艺复兴风格城堡的卢瓦尔风景的记忆，书本装饰风格令人想起城堡夫人海莱娜·德·俊利斯以及她的图书馆馆员，和制陶工一起印出了一种风格，这风格纯属个人，也未避开骑士时代的着色特点，商业的地位低于科学和艺术，那时的人们崇拜着生活中的美，更注重精神生活的优越性。

他摆好早餐，看着自己的作品，似乎他把一片文化迁入了这半北极的荒野里——来自布列塔尼的鳗鱼、安达卢西亚的栗子、伏尔加的鱼子酱、格吕耶尔-阿尔卑斯山的奶酪、图林根的香肠、不列颠的点心和小亚细亚的橘子。此外，还有源自托斯卡纳、韧皮包裹的基安蒂葡萄酒由那含弗雷德里克一世花押金字、带手柄底座的酒杯来招待。这一切弄出一派纷乱，不是品味藏品集或是博物馆，而是这里那里抛下了少许色彩的笔触，花儿作为纪念品被压进了旅行指南的书页里，而不是给置放在植物标本里。

这时，他听见海水浴之处传来姑娘的一声"喂"，于是他回应了。随即，她从灌木丛中钻了出来，挺拔、利索，浑身散发着健康和生命的欲望。看见摆好的早餐，她抬起自己的帽子，开玩笑地鞠躬，这份招待中的贵族气息让她情非所愿地发出惊叹。

"您真是位魔法师，"她说，"请允许我鞠躬！"

"这么小的事！"监管员说。

"应该的。这显示出您会做的事有很多，不过如您先前聊到的，要操控自然，那就超出您的能力范围了。"姑娘以一种优越的母亲的口吻提出不同看法。

"我的小姐！我并没有说得那么绝对，我只是提醒，我们学过如何部分地征服我们必须部分地服从的自然力——

注意这小小的重要字眼'部分地'——改变景观的特点及住民的全部精神生活，这取决于我们的力量。"

"好啊！从这讨厌的花岗岩景观中，变出个有大理石房子和伞松的意大利风景吧！"

"显然我不是变戏法的，但如果您向我提出挑战，那我保证三个礼拜后，在您过生日时，将这一片清新的大自然改造成一个没有森林的、焦黄的花椰菜式的景观，以合您的口味，类似于您能在欧洲找到的那种。"

"太好了！我们打赌！就是说三个礼拜后。可要是我输了呢？"

"那么我能赢到——什么？"

"我们到时候看吧！"

"我们到时候看！不过在这期间，您愿意打理我的工作吗？"

"您的工作？那是什么？躺在沙发上抽卷烟吗？"

"没错——要是您能像我那样在沙发上打理我的工作，我很乐意！可您做不到，现在就听我来解释原因，以及我到礁岛来的缘由和意义！先就着香肠，喝杯葡萄酒吧！"

他往一只杯子里倒入黑红色的基安蒂葡萄酒，递给姑娘，她一口气就喝干了。

"您知道，"监管员开了口，"我在这里的官方任务是教渔村的人如何捕鱼。"

"这一定很好，您曾夸口说您从没握过鱼竿。"

"别打断我——我也不会教他们如何用鱼竿钓鱼。您看，事情是这样的，这些留级生、保守的乌合之众……"

"这算什么话！"姑娘再次打断。

"直白的话！无论如何都是！因为轻率和保守主义，这些原住民继续破坏着自己的环境，就像吃鱼的哺乳动物，因此国家必须将他们置于管控之下。波罗的海小鲱鱼——上帝保佑这种鱼！——这一原住民们最主要的生计之源面临绝迹的危险。当然，这一点儿也不关我的事——因为几百口吃鱼过日子的人里，多余人口或多或少的浮动，对整体而言都完全无关紧要。但现在他们将生活得像农业科学院希望的那样，也因为这个，我要阻止他们捕捞他们的生活必需品。认同这一逻辑吗？"

"这是不人道的，而您也是个刽子手坯子！"

"也因此，我自负责任——不要求瓦萨勋章或任何形式的感谢，找出个能将旧的代替的新谋生之道，因为即使波罗的海小鲱鱼在渔民离开后于半成年时群集，这个行业依然遭受着竞争对手的威胁，这个对手在一百年的休息后重新出现，比先前还要可怕。您知道吗？大西洋鲱鱼秋天会回到布胡斯的海岸来。"

"不知道，我好久没收到它们的讯息了。"

"总之会是这样，就是说，我们必须停止捕捞波罗的海小鲱鱼，转而捕捞三文鱼。"

"三文鱼？在大海深处？"

"对！会在那里找到，虽然我还没看见它。您会找到的！"

"可要是它不在呢？"

"我告诉过您，它确实在！您只要抓住第一条，三文鱼的捕捞就打开了。"

"可是，您既然没看见过，怎么知道三文鱼存在？"姑娘争辩道。

"基于大量复杂的调查，这太错综复杂了，没法通过聊天复述，部分是在海边完成的……"

"就一次！"

"多亏了我那不寻常的智力，我早在20岁就工作了，部分在我的沙发上，可最主要的还是在书籍里。不管怎么说，要是您一起来干涉这里的人口，先用三文鱼，再用传教屋，您忘了吗？"

"您是一个恶灵，一个魔鬼！"姑娘半嘲笑半严肃地叫道。

原本只是有些脾气的监管员成了可疑之人，他发现如今这已成了最重要的印象，决定不如就留在这角色里。

"您肯定不信上帝吧？"姑娘带着一副假如他回答不信，她会永远鄙视他的表情问。

"是的，我不信。"

"那么，您会是个安斯卡①，并把基督教介绍到礁岛上吗？"

"还有三文鱼！没错，我会是个魔鬼一样的安斯卡！然而您也希望放下三文鱼钓钩，并得到国家审计师②的祝福吧？"

"对，我会为这些我相信的人工作，我将把我微弱的力量贡献给那些被压迫者，我会让您看到，您是个厌倦的、颓废的、爱嘲笑的人……不，您不是，尽管您把自己弄得比您本人还要糟糕，但不管怎么说，您是一个好孩子，上个礼拜日我可是看到了……"

她说出那么个字眼"一个好孩子"，感觉像一个准确的

---

① 把基督教传给瑞典的人。

② 1867年至2003年，瑞典议会有一个下属机构，其任务是审计政府活动。

算计，算好他会咬住鱼饵，把自己如孩子般置于她的关心下，不管那是美好还是邪恶。可现在他已拥有恶灵的口味，是更优异和更有趣的，因此，他继续完成这个更能获得感激的任务。——从经验里，他当然知道，最容易的、逐步而巧妙地取得女人好感的办法是让她以全部的自由乃至亲昵扮演母亲，可这是个玩破了的游戏，很容易带来她那一边无法根除的霸道。倒不如给她一个女救世主的、受感激的立场，那里头不会有什么绝对的居于上位，只有大地之母的调停任务，在那里，她可以变成两股同等强大的力量之间的调停人。

但转换不易找到，厌倦已突然发作，对这整个必不可少的游戏的厌倦——假如他想赢得她就不得不进行的游戏，而他确实想。他假装自己必须走开，去看看船是否停泊得安全，因为开始刮风了。

到了底下的沙滩上，他深深吸了口气，似乎已努力得超越了自己的力量。他解开背心倒好像那是铁质的。他冷却了自己的头脑，朝那自由的水面投去向往的目光。眼下他真愿意付出很多来换得独处，好甩掉和低级精神交流时落在他灵魂上的谷壳。这个瞬间，他恨她，想摆脱她，再次拥有他自己，可已经太迟了！蜘蛛网已粘在他脸上，柔如丝绸，黏糊，不可见也不可消除。同时——当他转身，看见她坐在那里，用长长的手指和锋利的牙齿剥一颗板栗时——他想起在巡回动物园见到一只山魈的情形，被一种无边的怜悯攫住，还有一波悲哀，就像更幸运的人看见境况不好的人时所感受的那样，立刻想起她看见他类似霍屯督人时的欢欣，不由得又恼怒起来，不过，他让自己平静，带着一个老于世故的男人的自制，他走近她，好说出第一

094

个掩饰的字眼，他提醒她必须起航了，因为风大了。同时，她观察到停留在他脸上的一丝疲倦和心不在焉，带着瞬间里完全冷却了他的情感的敏锐，她回答道：

"您是厌烦我的陪伴了！咱们走吧。"

可当他并没有礼貌地回答她时，她便以一种难辨真假的举动撤退：

"原谅我这么刁蛮！可我长成了这样，我不领情！好啦好啦！"

她擦了擦眼睛，开始用一种家庭主妇般熟练的小心来收拾碗碟。

现在，她弯下身子靠近残留的食物和肮脏的杯盘，将桌布系在腰间作围裙，把餐具拎到海水边去清洗，他于是匆忙上前，想帮她解除重负，被一种不情愿的、不想看见她做仆人活计的欲望所驱动，被一个他想高高举起的女人服务让他觉得刺痛，同时，这个女人应该仰视他，像仰视一个给予她力量的人。

在这一场谁将服务谁的假想的争斗爆发时，姑娘打落了碟子。她发出尖叫，可当她察看了那些碎片后，她的脸放晴了。

"还好只是旧的！上帝啊，我都吓坏了！"

他立刻借助将自己置于她这么个仿佛遭遇了不幸的人的处境，来压住自己对损失的小气之心，开心于有个喧闹的结尾、落在似乎撕裂他的交错情绪上，他拿起瓷器碎片，打水漂一样，朝着海湾扔去，用一句诙谐给这尖锐的情形圆场：

"现在我们不用洗盘子啦，玛瑞尔小姐！"

而后，他朝她伸出手好扶她上船，在不断加剧的海浪咆哮中，船咬紧了系留索。

第七章

　　一个充满阳光的夏日早晨，监管员和他的门徒坐在木亭子里，那是他让人在礁岛最高点搭建的，紧挨着新打下的传教屋石基。下边码头里躺着一艘纵帆船，为新建筑定制的材料正从那里卸出，运到这上面它们该处于的位置上，由工头和工人们进行装配。因此，礁岛显出许久未有的、不寻常的生动，在渔民和城市劳工间已生出小小的冲突，后者用傲慢对待前者，随之又引出一系列修好之宴，包含醉酒和新的斗殴，企图冲击德行和他人的私有权。因此，监管员和官员遗孀对于已经开始的、针对这些人的文明化工程有片刻的懊悔，因为才走了第一步就已显露出这么个悲哀的结果；会有更多夜晚的喧嚣、歌唱、哭喊、抱怨来干扰所有工作，也干扰所有旅行到这里、只为寻求宁静的人们。一度让步了自身威权的监管员失去了所有颜面，没法让这里恢复平静；相反，玛瑞尔小姐做得更好，明白如何借一个即时的出现或一句好话，时不时地把风暴压小。鉴于她不会将此归功于自己的美丽和宜人姿态；她对自己的能力和理解力有高出实际的认知，因此，她活在对于自己非凡头脑的想象中，以至于哪怕是现在，当她像学生一样坐在她老师身边时，她以一种熟知一切的方式接受他的教诲，看来是带着更多刻薄而非明智的评论，以纠正和阐述取代了吸收。

坐在旁边的母亲正绣着一块给兴建中的传教屋讲道坛使用的布。当女儿用一个愚蠢的问题让老师无言以对时，她看上去不时地吃惊于女儿切中要害的理解力和庞大的知识量。

"您看，玛瑞尔小姐，"监管员教授着，依然以能够教育她的希望欺骗着自己，"没经过教育的眼睛有一种看一切都简单化的倾向，没开发过的耳朵听什么都简单。您看您周围只是花岗岩，画家和诗人看到的差不多也是如此，因此他们描画和描写出的一切都那么单调，因此他们觉得礁岩是那么单调。尽管如此，看看这一地区的地理图，而后再对自然风景瞧上一眼。我们坐在红色片麻岩区。看看这块您称为花岗岩的碎片，变化那么丰富，它是由黑云母、白石英和粉红长石密集相嵌而成。"

他从奠基人在礁岩上炸开、给地基作材料的石堆里拿了个样本。

"看，这是另一种！这是人称霏细岩的！看这色调多好，从三文鱼红色直到燧石蓝。这个是白色大理石或原生石灰石。"

"这里有大理石？"姑娘问，似乎她的想象因这高档的石头给搅动起来了。

"是的，这里有大理石，虽然表面是灰色的，其实并不灰。因为只要您仔细察看，就会发现这层地衣拥有无限变化的丰富色彩。好一个最美的色谱，从石耳衣的墨黑色穿过煤渣衣的烟灰色、梅衣的皮棕色、扁枝衣的舍勒绿、肺衣带斑点的铜绿色和石黄衣的蛋黄色。细看外头正被太阳照射着的礁岩，您能看见岩石有不同颜色，习惯于观察它们的人甚至会根据色谱来给它们命名，他们熟悉却不知晓。您看见没有，那块黑石头比其他的更黑，因为它含有黑角闪石，那块红石头泛红，是因为含有红片麻岩，而那块白石头是清洗过的霏细岩。知晓为什么难道不比知道某样东西就是如此要了解得更深吗？知晓得还要少的，是什么也看不到，除了均匀的灰色，像画家，将黑和白混合来描画所有礁岩。现在听海浪的咆哮，诗人是这么描绘这声音的交响的。把眼睛闭上一会儿，您就能听到更美妙的，同时请让我分析这简单声调里的和谐。您首先听到一个嗡嗡声，类似于人们在一间机器房或大城市里听到的。这是大量的海水的彼此冲击；接着，您听到嘶嘶声，是更轻、更小的水滴被打碎成泡沫；而现在，一个刺耳的摩擦声，像是刀对抗着磨刀石，这是波浪在撞击着沙子；这一刻是哗啦哗啦的声音，好像人在倾倒负载的砾石；这声音是大海在举起又扔下小石头；然后低沉的砰砰声，像是一个人拿空心的手掌拍耳朵；这是波浪压着前头的空气进入了洞穴；最后，是喃喃声，好似远处的雷鸣，一只大圆石滚动在岩石面上。"

"嗯，不过这可是为了我们自己而破坏自然！"姑娘惊呼。

"这是让自然和我们亲密！了解它让我变得镇静，我可以免于诗人半隐藏的、对未知的恐惧，那恐惧不是别的，而只是野蛮人在虚构时期的记忆，那时候的人们探寻解释却没能很快找到它，因此在匆促之中，抓住了美人鱼和巨人的传说。不过，现在让我们把话题转到将获得帮助的渔业上，姑且先丢开三文鱼，先尝试新的捕获波罗的海小鲱鱼的方法。两个月后，大捕鱼就开始了，要是我没算错，今秋会面临一场失败。"

"您是怎么躺在自己沙发里算出这一点的？"姑娘带着更多的尖刻而非好奇发问。

"基于如下理由，因为我看见——从自己的沙发上——春天里漂冰是怎样在浅滩上把海带和其他海藻刮得干干净净，而正是在这些海藻里，波罗的海小鲱鱼会产卵；我根据科学理论预测，那些小小的甲壳类动物——且不管它们具体叫什么——上头有波罗的海小鲱鱼活着，可自从海藻被刮走，甲壳类动物也离开浅滩了。那么我们该怎么办呢？没错，我们得试着在深水区捕鱼！要是鱼不到我这里来，我就得到鱼那里去。因此，我们应该试着用漂网在一艘浮船后漂流。这很简单！"

"太了不起了！"玛瑞尔小姐惊叹道。

"算是陈旧的理论了，"监管员反对道，"这并不是我的发现！不过现在，作为聪明人，我们需要考虑撤退，就算我们也有波罗的海小鲱鱼，却因为西海岸有大西洋鲱鱼，我们得不到好价钱，我们就得有别的准备。"

"是三文鱼吗？"

"是三文鱼，必须在这里找到，尽管我还没看见它。"

"上次我们说到过，可现在我想知道您是怎么能明白这个的。"

"我尽量言简意赅地说明我确信的理由。那就是，三文鱼像其他候鸟一样迁徙。"

"三文鱼是一只鸟？"

"没错，一只完美的候鸟！它在北部省份的大河边，已在北部多岛海的拖拉大围网里给发现过好几次。也在哥特兰德岛外头以及往南的整条航线上捕到过，因此，它一定会路过这里。现在，这是您的任务，用漂动的捕鱼延绳找到它的踪迹。您有兴趣以我的助手的身份做这件事吗，并相应地可享受我的酬劳？"

最后的字眼来得突然，却带着计算，没有辜负它的效果。

"我要挣钱啦，妈妈。"玛瑞尔小姐用一种俏皮的语调喊道，似乎要藏起她真正感受到的喜悦。"可是，"她加了一句，"那您干什么呢？"

"我就躺在我的沙发上，这样就能为您毁坏自然了。"

"您要做什么？"那位母亲问，她以为自己听错了。

"我要为玛瑞尔小姐设计出一片意大利风景，"监管员回答，"现在，我要离开您二位了，我的女士们，好将草图画出来。"

而后他站起身，礼貌地鞠了一躬，便朝下走向海滩。

"真是个古怪的人。"监管员离开后，那位母亲说道。

"至少是个不寻常的人，"姑娘回答，"不过，我从不相信他真的明智。他似乎比较有原则，总体来说是个善良的人。你觉得他怎么样？"

"把线团递给我，孩子。"官员夫人说。

"哎呀，说点什么吧……说呀，你是喜欢他还是不喜欢？"姑娘又问了一遍。

母亲只用半悲哀半认命的眼神回答，似乎在说：我什么也不知道。

* * *

与此同时，监管员已走下码头，驾上他的船，往礁岛

100

划出去。夏日的温暖抵达这里已有一个月，所以空气是热的，然而漂冰依然从北边而来，那里，海岸上不寻常的严寒导致水底结冰，如今它们开始向南漂，冷却了海水，于是低处空气层的密度大于高处的，因而光的折射导致了礁岩外貌的颠倒，并在过去几天引发了最绚烂的蜃景。这些场景在监管员和女士间激起长时间持续的辩论，渔民也被叫来做裁判，因为他们打小就时不时看到过这种自然现象。有一天早晨，那些淡红色片麻岩礁岩通过折射拉长了高度，由于空气层的密度不同，看起来分了层，像诺曼底悬崖。玛瑞尔小姐认为，那就是一些石灰岩崖石因为一种尚不能为科学解释的自然法则，一直反射到此地的波罗的海里。同时，海边石头间白色的涌浪借折射放大、翻倍，因而看起来就像是诺曼底渔船的舰队在白崖下顶风航行。监管员试图给出唯一正确的解释，但只是徒劳。为消除对这种超自然现象的困惑，人们更愿意用占卜来解释迫在眉睫的不幸，这种对厄运的相信会导致他们的事业瘫痪，现在监管员发现，他必须先表现得像个魔法师那样才能赢得民众的耳朵，稍后再告诉他们，他是如何制造了魔法，从而消除神秘。

因此，他问那些迷信的人，要是他们看到了一片意大利风景是否还会相信看到的是意大利景观的折射呢，得到的回答是"会"。他决定将有益的和有趣的相结合，通过一些小改动来实现他为玛瑞尔小姐的生日造出一片南欧风景的承诺，于是，在另一番蜃景到来时，借助不同密度的空气层提供的巨大放大镜，它会在地平线上大规模地升起。

坐在船里，这一刻他用被他大大增强了透镜的屈光镜对准了剑岛。现在首先要让景观中最具特色的，也就是那些层状岩出现，大自然已部分完成了这项工程。此外，他需要一棵伞松、一棵柏树、一座大理石宫殿以及一个蔓生着橘子的阳台。

观察而描画了礁岩的轮廓后，他的方案便做好了，而且他很快让船靠了岸。在船上，他装了一根撬棍、一把刮船片、一卷锌丝、一小桶黄赭颜料，外加一把大焦油刷，连同斧头、锯子、钉子和一堆炸药雷管。

靠岸并收拾起他的东西时，他觉得自己像即将参加一场攻击的鲁滨逊·克鲁索，一场针对大自然的斗争，不过如今这场攻击更有力也更能确定胜利，因为他带着所有的文化上的帮助。他把平板测量仪放在三脚架上，把屈光镜照准尺放好后，便开始工作了。

山脊陡峭的折叠快乐地模仿了南方沉积地层，他只需刮去上面的地衣，留下一些水平的、比褶皱更暗的线条就可以了。这不是什么重活，而是刮船片在光滑的表面上移动，就像润色刷在装饰画家的巨大画布上走动。

有时，呕吐感会朝他压过来，他竟把时间耗费在一桩孩子气的事情上，可是体力的消耗将血液赶向大脑，于是他看见的小事则比实际的更大；他有些觉得自己成了那个在宇宙中卷起风暴的泰坦——那个纠正了创造者的潦草笔记，扭动地球轴线，让南方稍微向北的家伙。

他在岩石墙画上条纹，墙面无须长过几米，因为空气层能令它增倍，而后，他开始创造伞松。坡顶上站着一排半高的松树，它们排列在一起令人想象出森林的边缘。眼下需要砍下五六棵小树，好孤立出最好的、把自己的剪影对着天空的那一棵。

锯下这么多树得干个半小时。留下来的是细瘦的那一棵，它所有的叶子都集中在顶部，因为其他树靠得紧密，阻碍了树干上分枝的形成。不过现在，他必须用斧头将树冠打得稀疏些，让那副有个性的伞架带着伞骨凸显出来。这一切轻而易举地就忙完了。可当他用屈光镜察看自己的作品时，还是看出了这样的风格并不完美，上头的枝干得用锌丝往上拉，边上的则要再往下和往外些。伞松完成后，他喝了一杯葡萄酒，开始挑选做柏树的原材料。很快便选定了一两株圆锥形杜松，他只需要删削一下，让它们朝天伸展，用斧头和刀子修正它们。可它们的颜色还是偏亮，于是他拎来一桶水，放了些象牙墨，将溶解好的液体泼洒在树上，直到它们获得一种真正的教堂墓园色。

完成自己的工作后，他变得特别沮丧，想起那个踩在一块面包上行走的女孩的黑暗故事①，当那些白色海鸥在他头顶发出可怕的尖叫时，他想起那两只从天上飞来、把灵魂带向地狱的黑色渡鸦。

坐了片刻而血液回到了大脑，他对着自己的作品、对着那孩子气的惧怕笑了。假如大自然在物种起源时并未走得太过匆促，物种不至于不缺意愿、只缺能力。

接下来要造一座大理石宫殿了，不过，因为这是他的想法的起点，他已在家里的沙发上筹划了一切，所以这项工作并不是很难。

石灰石悬崖完全垂直，正好做正面，没错，只有几平方米，却也无须更多了。只要把因为风化从石灰岩中裂开的霏细岩石板分开就行。起先，用铁撬棍就足够，可要处理底端，就不得不在裂缝里放下炸药雷管。

---

① 安徒生童话《踩着面包走的女孩》。

弹药"砰"的一声炸开，碎片如雨落下时，他感到某种诗人的渴望，想把常备军的弹药车一下子倾倒于一座火山，将人类从生存的痛苦和发展的辛劳中解放。

无论怎样，大理石板眼下给清理出来了，石灰岩晶体闪闪发光，就像太阳光柱里的糖塔。此刻，他带着颜料桶，画出一块长方形的石头基座，描出两扇小小的正方形窗户。在头顶上方的岩石中，他插进两根杆子，把第三根搁在上头绑紧，整体就形成了一个棚架。而后，他只需将约两臂长的熊莓藤提起并在棚架上缠绕，使之垂下来挂成一片花彩。

最后，他用一加纳①在大量的水中稀释的盐酸涂画地面，借此在绿草地上弄出闪亮而有细微的浓淡差别的白色，可用来代表雏菊或雪滴花的斑点，十月小阳春来临时、葡萄收获后，他见识过它们如何刻画罗马的坎帕尼亚。

就这样，他的工作完成了！

不过已拖到了晚上。为了让奇迹产生出适当的效果，最好是他能预告奇迹的发生，而最重要的是能说准日子。眼下他知道，南欧已生成了强大的热气，因此，用不了多久北风就会到来。风从东面来已有些日子，而北海的气压很低。据报道，漂冰在阿尔霍玛岛，而只要风朝北转上几条线，漂冰就会跟随经过奥兰群岛西侧也就是波的尼亚湾结束而进入波罗的海之处的水流而漂荡。只要他能在某天晚上得到北风，他肯定北风就持续几天，并且随之而来的总是清新的空气，他至少能提早一天预言现象的发生。假如他能走这么远，预报时辰就是小事一桩了，因为蜃景只

---

① 加纳，瑞典的旧容量单位、约 2.6 公升。

会在日出后几小时内出现——通常在10点和12点之间。

回到房间，他关上门打算投入工作，一项他已准备了十年、希望在50岁前能完成的伟大工作，这是一个激励了他的人生的目标，他把它当作一个秘密携带着。他享受着可以拥有自己几个小时的想法，因为自两位女士上岛后的这几个礼拜的每个晚上都花在了陪伴她们之上，本该是休息和娱乐的时间，却变成了一份约束和苦差。他爱过那位年轻姑娘，愿意以一种完全的结合，和她一起生活在婚姻里，在那里，闲暇时分即兴地演绎为信赖和休憩，然而在眼下这种半结合状态里，他必须在固定时间出现，不管愿不愿意，都要与对方交谈，这就像是职责一般折磨着他。她死死抓牢了他，从不厌倦于接受，最好是他拥有始终新鲜和有趣的能力；可他从不能接收到什么，而从长远看，他也会有更新自己的需要。可当他要将自身抽回时，她变得担心、紧张，不断地拿她是否太缠人之类的问题刺激他，对此，作为一个有良好教养的人，他没法做出肯定的回答。

现在，他打开自己的手稿箱，这纸板箱里有序排列着好多笔记、小纸片——写着他即兴的观察思考，像植物标本那样粘在半片纸上。他乐于根据新的分类标准将它们反复排序，想探知现实中的各个现象是否能按大脑想要的那么多方式得到排列，还是说只能根据一种分类标准来排列，如同自然形成它们的方式——假如自然在其运作中确实遵循了一个法定秩序。这项工作唤醒了他身为混乱的实际整顿者的想法，他是来分开光明与黑暗的。伴随有察觉力的自我意识器官的进化，混乱才开始停止，那时，现实里的光明和黑暗还没分开。他用这个想法陶醉自己，感觉他的自我如何成长，脑细胞如何发芽，冲出它们的壳，进行繁殖，形成见解的新种类，那是应该及时显现、到思想里去，并作为酵母菌落入他人的大脑物质里的，而且将在他离世数百万年后——若非此前——做他的思想的种子的温床……

有人敲门，他似乎在一个秘密会议中被惊扰，带着过于激动的声音询问是谁。

是女士们送来的问候，问监管员是否愿意到她们的屋子去。

对此，他回复说，请转达问候，可他今晚实在没空，因为得工作，除非有更紧急的事必须在场。

而后安静了一阵。因为想到接下来肯定会发生什么，他从被中断的工作中抽离，将自己的手稿整理妥当，刚做完这些，他就听见了楼梯上那位母亲的脚步声。不等她敲门，他便打开门，直接招呼道："玛瑞尔小姐病了吗？"

那位母亲吃了一惊，可她立刻掩饰住诧异，叫博士去看看小姐，因为这里不可能找到医生。

监管员不是医生，不过他读过病理学和治疗法方面的基础知识，观察过自己以及所有进入他的圈子的病人，并对疾病及药剂的特性进行一番哲学思考，最终他有了一套自己独有的常用治疗方法。因此，听说姑娘发生了惊厥，他保证半小时左右会带上药品过去。

其实对他来说，猜到病因并不难。既然第一条讯息没提到生病，事情一定发生在两条信息之间，是因为他拒绝邀请造成的，换言之，是一种他清楚地认出了的心理不适，这病有一个至今仍含糊其词的名字："歇斯底里。"意愿上受到的压力，一个受阻的期盼，一个遭到粉碎的计划，立刻会有一个整体性的抑郁跟随，在这份抑郁下，灵魂试图将苦痛放在身体里，却没法安置它。在药效学方面，他常看见药品名称和功效边小心翼翼地加上一句"以一种尚不清楚的方式"，或"它的效果模式还未得到充分认知"，而他通过观察和推测相信自己已发现，正是基于精神和原料的统一，药剂是让化学和精神动力同时起作用。新时代的药物观离开了药品或原料基础，而假设在催眠里有一种纯粹的心理的东西，或在节食和身体运动中有一种庸俗而往往有害的机械方法。这些夸大在他看来是必须的也是有益的转换形式，虽然这一尝试要求有所牺牲，正如人们用冷水训练紧张的人而不是用温水浴舒缓他们的精神，或以阴冷空气下的高强度步行把一个虚弱的人弄得精疲力竭。

他相信，那些老药剂依然可以作为实物教材来服务，按照流行的说法，就是用来振作和改变精神状态，正如一组收敛剂真能导致胃收缩，就像它也能集中灵魂分散了的力量，这一点，萎靡不振的饮酒者深有体会，要是他在早晨就用苦味烈酒给透支的身子上发条。

这女子觉得恶心却没有直接吐出来。因此，他现在搭配了一系列药品，其中第一个会引起真正的身体不适，借此，病人会被迫摆脱灵魂的病态，让灵魂完全安顿在体内。为此，他从家庭药盒里拿出所有药物里最令人作呕的药物，也就是阿魏，它会引起通常的不适，若是大剂量使用还会导致抽搐，就是说，有嗅觉和味觉的整个身体将起来反抗这种进入体内的奇怪物质，灵魂会集中全部的注意力来清除它。因此原有的那些想象的苦痛被遗忘，然后只会引发一系列转换，从那单一的恶心感，往下经历不那么恶心的阶段，直到最终，通过逐步上升级别的冷却、覆盖、软化、和缓的疗法、从那最后阶段上解放，重新唤醒一个完完全全的快乐情绪，就像经历了艰苦和危险，而回想起来还挺愉快。

穿上白色开司米常礼服、系上一条有淡紫水晶色条纹的奶油色围巾后，他戴上手镯，自女士们到来，戴手镯还是第一次。为何要如此，他无法解释，可这么做时，他处于从要拜访的病床那儿得来的氛围以及他内心唤起的情绪的影响下。此刻，他看了看镜中的自己，没看脸，他注意到自己的外表显得温和而有同情心，甚至还有一丝不寻常的、要引起注意又不让一个紧张的人激动的痕迹。

接着，他像一个就要去做艺术表演的魔术师，收集好自己的必需品，而后走上通往病床的路。

给带入房间后，他看见姑娘穿着波斯晨袍躺在沙发上，头发凌乱。她的眼睛大得不自然，轻蔑地盯着闯入者。

监管员有一瞬间的尴尬，不过只那么一瞬，随即，他走上前抓住了她的手。

"您怎么了，玛瑞尔小姐？"他同情地问。

她的眼神变得锐利，似乎想看穿他，却没有作答。

他拿出表，搭脉，而后说：

"您发热了。"

他说了谎，可他必须赢得她的信任，这是治疗过程的一部分。

姑娘的表情变了，立刻说道："我发热了！这还用说吗，我觉得我都已经燃烧起来了！"

她的抱怨得到发泄，对闯入者的敌对情绪也过去了，这样就好继续沟通了。

"您愿意遵从我的处方吗？我好给您治疗。"监管员这么说着，将手放在她额头上。

"遵从"这字眼一出口，他觉得病人抽动了一下，似乎她根本就不愿意，可与此同时，他的手镯滑到袖口，姑娘对于想象的疾病的抵制停止了。

"您爱怎么治就怎么治吧。"她顺从地说道，同时她的眼睛定在那金蛇上，它令她着迷，也引起她对某个未知事物的恐惧。

"我并非职业医生，这您知道，可我学了点医术，完全明白在现在的情形下什么是必须做的。我这里有一种药，吃起来很不好受，可它往往万无一失。我不是故弄玄虚的人，会告诉您我给您的是什么。这是一种树脂（叫阿魏），由生长在佩特拉阿拉伯的多年生草本的根部精制而成。"

姑娘对阿拉伯这个字眼很注意，可能是这字眼引起了她对那无法掩盖麦克白夫人恶气冲天之罪行的熏香的某些联想。

因此，她拿起勺子，闻了闻里头的东西。而在同一瞬间，她把头往后甩，并且哭喊：

"我办不到！"

他用胳膊拢住她的脖子，牢牢地又轻轻地将勺子再次递给她，哄道：

"现在要像乖孩子那样！"

而后，他将药倒进她嘴里，她都没能抵抗。

她朝后倒在沙发垫枕上，而她的身体在看起来可怕的痛苦中扭动着，那是白洋葱味树脂引发的。她面露惊骇，仿佛这世上所有邪恶和不好的东西都跳到她身上了。她用恳求的嗓音向他讨要一杯水，好从痛苦中解放自己。

她没得到一杯水，相反，她必须躺下，不管是温情还是恨意，她都必须顺从药物引发的不适感受。这会儿，当他看见她简直是消融在了厌恶之中，便递出了第二份药。

"现在，玛瑞尔小姐，在佩特拉阿拉伯沙漠的彷徨结束了，您就要爬上阿尔卑斯山，畅饮山中的空气，浓缩于充满生机的龙胆苦根里的，那金黄如阳光的！"监管员用鼓励的、男子气的声音说道。

姑娘漠然接受了这苦药，缩成一团，仿佛有人用刀刺了她。可紧接着，她立起身，好像她那散射了的力量又聚集到了一起，体内的能量回来了。猛药已带走了先前的讨厌的味道，但它刺激得胃黏膜不大舒服，也使心跳加快。

"现在我们得拿被子熄火！"监管员继续说道。"此刻，让我们去布列塔尼的海滩，在柔软的角叉菜里提取香液。您能感觉到黏液如何柔和而呵护地将它们覆盖在受刺激的胃壁上吗，您察觉到海的咸味了吗？"

一份静止的平和在病人发热的脸上展开，作为医生，他现在认为她的体力已经足够听他说话，他开始回忆布列塔尼的海岸、大西洋上的游艇、与坎佩尔的渔民在一起的日子，以及萨尔佐的打猎水鸟。

她跟随着他的叙述，可看上去还是有些疲惫，于是他停住了，给了她一部他所谓的交响曲，以文字重现经典的路径，著名的如中世纪的新人的葡萄酒香料、天堂的当归、充满家庭气息的薄荷，外加一点保持活力的藏掖花，还有些杜松子油诉说着森林。

他相当于是在用一种氛围给她按摩，借助于在新旧世界间穿梭的、遐想中的旅行，来分散她对疾病的注意力，获取各类风景、各色人群、各种气候的图像。当她看起来疲倦时，他给了她一勺加了糖的柠檬汁，这份简单的、清凉又令身体感到舒缓的饮料，在刚才可怕的半个小时后，让她获得了一种极大的享受，她笑了起来。

"现在转身对着墙，"监管员要求道，"假装睡上5分钟，我出去和您母亲说几句话。"

监管员觉得体内的力量在滑落，他不得不出去，到新鲜的空气中找回自己。他只需对着外头半明的夜空、钢青色的大海扫上一眼，闭目，试着什么也不想，好去感受无序的大脑如何重新安稳下来，在退步了一段之后继续那增长着的痛苦进程。

可就在他将手臂摆在胸前、站立而半睡时，他听到一个想法在耳边嗡嗡作响：一个34岁的孩子！

他就这么醒了，重新进了屋。

玛瑞尔小姐坐在沙发上，头发松散着在她周围卖弄着风情，不过，她看起来完全健康而愉快。

监管员从他的篮子里拿出一瓶西拉古斯葡萄酒和一包俄国烟。

"这会儿，您可以假装自己是健康的，"他说，"我们在长途旅行后相遇。于是您要喝上一杯甜甜的西西里葡萄酒，抽上根烟，因为这也是治疗的一部分。"

姑娘似乎要努力掩藏隐秘的折磨，不过她喝了，眼睛完全落在手镯上。

"您在看我的手镯？"监管员打破沉寂。

"没，我没有！"姑娘否认。

"我从一个女人那里得到的，不过她死了，因此我没法归还它。"

"您爱过？您？"姑娘带着强烈的疑惑问道。

"是，不过我带着睁着的眼睛！要是人们认为点亮理性值得赞赏，当一个人要走上生命中最重要的一步时，为何要熄灭它呢？"

"是吗，在爱里，人得算计？"

"强大的、不可思议的算计，事关释放一种最狂野的本能！"

"本能？"

"本能！没错！"

"您不相信爱情？"

"您提了一个没有答案的问题！总体而言吗？您指什么？有那么多种类的爱，就像黑与白一样对立！我不能同时两个都信，全都信。"

"那么最高品级的呢？"

"那智慧的；不过是在三层建筑里，就像英国屋子。最上层是书房，下头是卧室，地下室是厨房。"

"那么实际！可是爱情，那伟大的爱，不是算计出来的，我想象那是最高级的，如同一场风暴、一道雷击、一条瀑布！"

"好比原始而不可驯服的自然力吗？很显然，对于动物以及低级人类来说……"

"低级？所有的人类不都是相似的吗？"

"没错，没错！所有人类都相似，就像两颗莓子那样相似，年轻的和年老的，男人和女人，霍屯督人和法国人。当然，他们相似！只要看看我们俩就行！完全相似，除了胡须！——请原谅，我的小姐，我看您是复原了，现在，我要离开您。睡个好觉吧！"

他站起身，拿上帽子，可就在下一秒，姑娘站在他身边，双手扣住他的两只手，用第一次征服了他的同样的目光恳求他：留下！

在这燃烧的目光和这双手的压力下，他感受到了某些东西，似乎一位年轻姑娘可能以为自己正处于一个诱惑者火热的袭击的影响下。他感到困惑，内心生出一种被冒犯的害羞、被伤害的男子气。他松开手，抽回自己，以平静的语调却带着假装的、冷酷的锐利说：

"镇静！"

"留下，否则我就到您的房间找您！"姑娘激动的回答响起，仿佛在暗示一种威胁而不是诉求。

"那我会锁上门！"

"您是个男人吗，您？"姑娘爆发出挑衅而剧烈的笑。

"是，以这样高的程度：我愿同时是进行选择和攻击的那个人，我不喜欢被诱惑！"

就这样他走了出去，听见身后似乎是人体倒地的声音，还撞上了家具。

他到了外面，差一点回头，因为他虚弱的灵魂正处于挣扎的状态，这让他很容易感受到别人的受苦感触。可当他独处了几秒，重新振作起来，他的力量恢复了。他坚定地感到必须中断这一威胁、侵占他整个精神生活的关系，及时切断和一个明显只是向往他的身体的女人的联系，而她吐出他的灵魂，那个他想注入那具无生命的图像中的灵魂。她享受他的声音的混响，并不接受他的想法，除非有直接的好处。他常惊诧于她察看他身形的线条，她不时地习惯于不假思索地抓住他的上臂，那里肿胀的肌肉在柔软的衣服下形成一座小山丘。现在，他想起那许多次的挑战：海水浴、航海以及登高眺望，都是他此前从未试过的，因为那会让他的神经系统忧郁地站在高坡而得不到足够支持。而今，在这个夜晚，当他看见无法控制的歇斯底里的爆发，他带着恐惧认为，这个女子并非发展了的品种、能将自己的情爱个体化地赋予一个具体人物的品种，对她来说，他只扮演了不可缺的、普遍意义上的性的对立面的角色。

他走到底下的海滩上，好给自己提提神，然而这一夜十分闷热。大海停止了翻滚，在西北部的天空上，有一层淡淡的甜瓜色，而在东边的水上休息着夜。海滩的岩石还温热着，他落座在许多扶手椅中的一把之上，那些被寒风吹拂、被海浪打磨得光滑的椅子上。

刚经历的事又在他眼前滑过，眼下，感知清凉下来，他可以在另一种光亮下看它。他的梦想的确一直是要唤醒一个女人的爱到达这么一种程度，她会祈求，爬到他跟前说："我爱你，屈尊来爱我吧！"这当然是自然界的秩序，弱的带着顺从的头脑走向强的，而非相反，虽然后者仍生活在那些残存的、关于女性有某种至高神秘的迷信中，但研究同样发现，所谓神秘不过是无序，至高也只是诗歌集，关乎对于被压制的雄性本能的渴求。

如今，她恰如他梦想的那样来了，这个自由于偏见的新时代女性已显示出内在的炽热天性，他却退缩了。为什么？也许是风俗和习惯依然左右着他。尽管她袒露出的一切并未伤风败俗，没有妓女招待客人的痕迹，没有野蛮的姿势或无耻的表情！她爱他，以她的方式！他还能奢望什么呢，这样的爱足以将他与她连接在一起，因为大概并没有很多男人能夸耀说，自己曾点燃这样的火焰。

可他并不因为赢得了她而骄傲，他明白自身的价值，这反而令他感到一份受压迫的、想摆脱的责任。因此，他必须离开。

这么想着，他坐下来收拾起自己的东西。他扫空了写字台，看着那空空的绿桌布；拿走那只晚上散发光亮、白天过滤日光的灯。这里就变成了个空房间。取下装饰在墙上的图画和织物后，那些白色的、悲哀的数学图形凸显了出来；他从书架上取下书，那巨大的荒凉对着他咧嘴大笑：单调、裸露、贫穷！

其后，身体用力过猛之后的疲劳感袭来，夹杂着有麻痹感的旅行恐惧，对自己将被抛向未知之地的焦虑，还有对习惯了的一切以及她的陪伴的失落感。他看见这年轻姑娘带着她孩子气的却也高贵的美丽，听到她的抱怨，目睹她发白了的脸颊，而当时间流逝，另一个人又会让它再次羞涩地泛红。

就这样，他经受着分手的全部苦痛的折磨，这一刻钟对他来说似乎有几小时那么漫长，在夏夜的黄昏里，他看见高处山岩上明亮的天空衬托出一个女子的剪影。那美好的轮廓，他是那么熟悉。在如今苍白的黄色天空下，更显高贵，那天空可以是落日的结束，也可以是朝日的开始。她似乎从海关小屋出来了，要找什么东西或什么人。头上什么也没戴，头发散在肩上，和她的头颅一起转动着侦查。她似乎突然发现了自己要找的，带着轻快的步伐，匆匆走向海边。那里正坐着她要找的人，他一动不动，无力逃跑，不过也不想让自己被发现。她一到他那里便倒下了，头靠在他的膝上，疯狂地、害羞地、恳求地说着话，她似乎希望被羞耻毁灭，没法绑住自己的舌头。

"别离开我！"她哭泣道，"蔑视我，但也可怜我！爱我，爱我，否则我会到一个再也回不来的地方！"

此刻，他身上所有成年后对爱的巨大渴望苏醒了。可当他看见女子伏在他的脚边，心里便又生出了男人固有的骑士精神，他更愿意看见他的配偶是一位女士，而非一个奴隶。他站起身，拉起她，手臂兜住她的腰，将她压向自己。

"来我身边，玛瑞尔，别在我脚边，"他说，"你爱我，因为你先前就知道我爱你，现在，你是我的了，一辈子都是。你将再也不能活着离开我的手，听见了吗！在这整个长长的一生里。现在，我把你放在我的王座上，给你驾驭我以及我所有的一切——我的名字、我的财产、我的荣誉和我的行为的权力，可要是你忘记是我赋予了你这一权力，要是你滥用或转让它，那么作为一个暴君，我会将你打翻到如此的地步：你将永远看不到阳光！但你不会这么做的，因为你爱我，难道不是吗？你爱我！"

他把她放在石椅上，跪下来，将自己的头埋在她的怀里。

"我把头放在你的膝上，"他继续说，"不过，别在我伏在你胸前时割下我的头。让我举起你，你可别拉我下来。你要变得比我更好，因为你做得到，而且我可以保护你免受世上的腐败和苦难，把那些留给我吧。用那些我所缺乏的伟大特质使你变得更加高贵，这样，我们在一起就会是个完美的整体。"

他的感情开始有了思考的冷静色调，看起来这将熄灭她的喜悦，以至于她打断了他，将自己发光的脸对着他，当他还没来得及回应她的爱抚时，她将一个燃烧的吻压住了他的唇。

"你这孩子，"她说，"没人看见的时候你不敢接吻吗？"

他于是跳起来，勾住她的脖子，一次次地亲吻她的喉部，直到她从他那儿挣脱开来，笑着笔直地站在他的面前。

"你是个十足的小野人。"她嘲笑道。

"野人在此，你要小心！"他回答道，就这样他搂住她的腰，他们在温暖的沙子上踱步向前，沙子在他们脚下窃窃低语。

而此刻，远处的灯塔眨眼了，接着空气清凉下来，露水降落。从海上的繁殖地，传来海豹的号叫，就像是从沉船里传出的。

他们足足散步了一个小时，又继续向前。他们谈到第一次见面时的情形，谈到不同阶段内心隐秘的想法，还谈到了将来，即将来临的冬天、国外旅行。这么说着，他们走到了岬上，那里有一座顶上竖着十字架的石冢，它纪念的是一场船难里淹死的人们。

突然，他们看见两个影子在闪动，尔后偷偷溜走，消失。

"是韦斯特曼和他弟媳！"博毅说，"呸！我要是那丈夫，会把她扔到海里！"

"不是他？"姑娘投掷出比她想要流露的更为强烈的对立态度。

"他并没有结婚！"博毅简短地说，"这是不一样的！"

沉寂，不快，不得不开始寻找一个新话题，与此同时，思绪低语，好像这会儿从着迷中解开了；他已开始向往回归到着迷，回归到让他盲目、将灰色改为玫瑰色、造出基座、把金边镶在裂开的瓷器上的沉醉。

与此同时，他们在岩壁那儿转身往回走。入睡的风又开始刮了起来，在风的怀抱中，苏醒的恋人们感受到它是怎样吹送来清凉。这是他期待的北风，如今他问候它，如同问候一位救助者。因为在一秒内，在一件性命攸关的事情上姑娘的反驳，在他内心打碎了某个东西，以至于他觉得她的存在只能被焊接到他自己的存在之上，不是融于一体，除非他先放弃抵抗，把自己完全而彻底地交出去，现在他抓住机会让自己站起来而不必踩着她。

"为何大家都恨我？"他十分突然地问。

"因为你优于他们！"姑娘滑出这么一句，没意识到她做了多么大的招供。

"我不信，"他回答，"因为他们的理解力不足以赏识我的优越。"

"他们的恨能蒙蔽他们！"

"说得妙！可要是他们得以看见奇迹，他们的眼睛能睁开吗？"

"也许！假如奇迹挑起恐惧。"

"好吧，他们会得到奇迹！明天10点征兆会出现！"

"什么？"

"就是我对你承诺过的那个！"

姑娘带着惊异盯着他的脸，似乎不信他说的。而后，她笑着反对："假如是多云天气呢？"

"那不会！"监管员坚定地回答，"不过，既然现在我们已谈得这么多了，都谈到了好天气，我们也可以考虑一下，你母亲会怎么说我俩的事。"

"她不会插手的！"姑娘立刻回答。

"令人吃惊！一位母亲不关心自己的女儿要和什么男人结婚，冠上谁的姓？她会这么漠然吗？"

"现在，晚安啦！"玛瑞尔小姐打断他，送上她的唇好让他亲吻。"明天早上你会来看我们，对吗？"

"一定，"他回答，"一定！"

于是她走了。

可他依然站在同一个位置，看着她苗条的背影缓缓向上走去，当她走上石坡时，此刻正朝向泛硫黄色的天空。抵达最高处时，她回转身，抛给他一个飞吻，然后，他看见她沉到了斜坡后，直到他只看得见她的头，还有在北风中飘动的、松散的发。

第八章

　　第二天早晨，当监管员公然被当作未婚的女婿，和他的订婚对象一起坐在屋内的咖啡桌边时，他再次得到这么个综合印象：融入一个小圈子后的巨大平静，在这里头，共同兴趣营造出一份无限信任，可同时也带着焦虑，因为必须在这些由同情和亲属关系带来的诸多体谅前放弃自我。前夜混合了生活提供的伟大和渺小，冲进他的生活，他梦想的、带着睁开的双眼的整个情史，已带着故意闭上的眼睛流逝。他已闭上眼，在姑娘假装或想象的疾病面前闭得那么厉害，所以，他欺骗着自己来严肃对待它。要是他没闭眼，而是简单地在第一时间就说，起来，好好的，您的病只是想象中的，那么她会恨他一辈子，而他的目的是赢得她的爱。现在，他已得到她的爱，也许是因为她相信自己蛊惑了他；因此，他的爱和他的轻信有了直接关系。现在，在早晨，他对自己一遍遍假设着这一问题："你相信你的玛瑞尔吗？"他残留的理性将这一问题译为："我能确信可以哄骗你吗？"不能，没有什么爱会带着睁开的双眼，要用坦率去获得一个女人是不可能的，用抬起的头颅和清晰的话语接近她，只会惊扰得她跑开。他已用谎言开始，就不得不继续掩饰。然而如今，当对话游弋于琐碎的事情和勃发的感情间，给不出时间沉思，而在两个女人之间的居家快感让一切变得那么欢欣和柔和，他便沉浸于自己的享受中，去做那个被宠爱的孩子、小家伙、岳母的准女婿。他没注意到长得高出母亲一头的女儿是怎么就可以称呼她母亲为"你"的，就像对待自己的孩子那样；通过简单推演，逐步要获得对他的权威性，让他以和准岳母说话时同样的调子与她说话。不过，这种自然秩序的颠倒让他觉得有趣，他面前始终有一个巨人的形象——那个让孩子从自己的胡子上拉掉三根须的巨人，但只有三根。

他们坐着喝着咖啡闲聊，听见下边沙滩上有人群的嗡嗡声。

透过窗户，能看到人们聚在码头的登岸岬上，时而拿手挡住眼睛，站着一动不动；时而两脚都在摇摆，似乎脚下的土地在燃烧，又似乎因为恐惧没法一动不动地站着。

"是那个奇迹！"姑娘一面喊道，一面匆匆奔了出去，她的母亲和未婚夫跟在后头。

到了坡上，女士们停住脚步，似乎给吓坏了，在阳光灿烂的早晨，她们看见一个惨白而巨大的月亮，在一座教堂墓园上升起，黑色的柏树漂浮在海面上。

不曾料到这个效果的监管员，还没立刻看出整件事情里的关联，相反，他自己也因本来受法规约束的自然里某个可怕而意外的东西出现所引发的震惊而颤抖，并且脸色煞白。他匆匆越过女士们，跑到底下沙滩边群众聚集的地方。一瞬间，他找到了谜底。就是说，他特意做成的大理石宫殿已不由自主地被某个东西加了外框，一边是悬崖，另一边是松树树冠，这使得石灰岩板看起来呈圆弧状，两扇漆得太淡的窗户模拟出一个月盘图。

那些被预告奇迹会如监管员承诺的那样在特定时间里出现的人们，朝这个走来的人投去惊惧和敬畏的目光，和他们往常的习惯相反，男人们抬起他们的带檐帽和毛线帽。

"好吧，现在，大家对我创造的蜃景怎么看？"他开玩笑地问。

没人回应，但那最有勇气的领航员头头儿指了指西北的天幕，那里，一轮真正的月亮悬挂着，苍白，正是上弦月。

这奇迹因此是毁灭性的，两个月亮唤起的强烈印象已经太深，没法用一个解释来抹除。监管员做了个尝试，开头没人听，人们昏头昏脑地站着，好像着迷于不可解的事物，他便中止了消除迷信的种种尝试。他曾指望给他们一个迹象，说明无论是他还是自然，都无法打破规律，然而，巧合让他变成了魔法师。

回过头他发现自己的未婚妻被她母亲拉着，正处于迷醉状态，可当他靠近时，她挣脱出自己，跪倒在地，半疯狂地哭喊，说了些似乎从某个唯心论圈子里借来的话：

"圣灵，我们敬畏你！拿走我们的恐惧，我们爱戴你！"

这事已发生了危险的转变，监管员试图用他的全部艺术解释无心的奇迹，却是徒劳。痴迷的享受、恐惧的麻木以及背后打盹儿的荣誉感都不愿承认感官的迷失，它们如此占据这位年轻姑娘的头脑，便没有任何见解或断言帮得上忙。母亲保持着她不可改变的冷静沉着，看上去不知自己身在何处，因为女儿不安宁的举止，忘记了整个的自然现象。

不过现在，海滩上的众人通过玛瑞尔小姐的哭喊和姿势，将注意力从海上的景象转移到了她身上。当他们看到年轻女子在这个有深邃而幽暗的目光、光着头站在岩石上的白衣男人前跪下，好像《圣经》故事里有关一个年轻男人创造奇迹的记忆，于是他们匆忙聚集到一起，开始窃窃私语；而在领航员头头儿的提醒下，一个女人慌忙跑进农舍，带回一个脸颊上有一块溃烂的3岁孩子。

能带来蜃景的能力应该是伴随着能治愈疾病的超自然的知识的。

这一角色一抛给监管员，便开始过度地困扰着他。他看到渔民、领航员和海关人员都离开了自己的工作，盖房子的木匠和做家具的木匠离开了礼拜堂工地来听他讲话，就像听一番有神力的预言；他开始担心，似乎站在一个由他召唤出的自然力面前，可他没法控制。无论如何，那个时刻来了：他必须表达自己，准确、清晰，把一切从自己这儿推开。

"好人们，"他开始发话——然而，理性无声地喊停：该怎么开始呢，该用什么字眼，每一个说法都要求一个解释，而解释又预设着这里缺乏的前期知识。在这几秒钟里，他想到在这些人和他之间存在着怎样一道峡谷，听到逼近的脚步声，转身看见一名男子，像休假的、上了年纪的水手。

那男人抬了抬圆帽，起初看起来有一丝胆怯，走近后，他挺直了腰杆，想要说些什么，监管员用一个提问将那人从尴尬中救了出来：

"您莫非就是我们等待的基金会传教者？"

"正是我！"新来的人回答道。

"您愿意给群众说几句吗，他们正处在面对自然现象的骚动中，可他们不想听什么解释，我此刻也给不出什么解释！"监管员抓住机会走出困境。

传教者立刻表示自己已准备好了。他摸了一把下巴上的长胡须，从口袋里掏出了一本《圣经》。

一看见那本黑色的书，人群里立刻掀起一阵骚动，一个又一个的男人摘下帽子。

传教者翻了会书，终于停住，清了清嗓子开始阅读：

"揭开第六印的时候，我又看见地大震动，日头变黑像毛布，满月变红像血，天上的星辰坠落于地，如同无花果树被大风摇动，落下未熟的果子一样。天就挪移，好像书卷被卷起来；山岭海岛都被挪移，离开本位。地上的君王、臣宰、将军、富户、壮士和一切为奴的、自主的，都藏在山洞和岩石穴里，向山和岩石说：'倒在我们身上吧！把我们藏起来，躲避坐宝座者的面目和羔羊的忿怒，因为他们忿怒的大日到了，谁能站得住呢？'"①

监管员立刻注意到发生了怎样一个危险的变化，他半强制地拉住自己的未婚妻，好离开危险的近邻，把她带到海滩去，希望能向她说明正确的观点：并没有什么从天而落的月亮，一切都只不过是答应为她的生日准备的"意大利风景"。

可现在已经太迟了。姑娘内在的眼睛已看见那个第一图景。传教者的兴奋解释已侵蚀进第一个错觉。监管员和大自然的精神玩耍一番，用魔法找来一个以为可以帮自己的敌人，而一切都跑到敌人那里去了，以至于他如今孤独地站着。

这期间，玛瑞尔的目光还钉在岩石上的传教者那儿，

---

① 选自《圣经》（和合本神版），中国基督教协会出版。

监管员转向母亲，悄声说：

"帮我们走出去吧。跟我到礁岩去，看看这不过是一场游戏，一个生日玩笑。"

"我断不了这事，"官员遗孀回答，"也不想断，可我觉得……你们得快点结婚。"

这是个建议，一个清醒而平凡的建议，然而从这身为母亲的老妇那儿说出，听起来是那么理智，完全和他自己的敏锐理解吻合，尽管他也觉得这解释有些简单。在这一暗示后，他直接走到姑娘那里，用胳膊搂住她的腰，笑着看她的眼——她一定懂得这个，然后直接吻上了她的唇。

与此同时，姑娘似乎从岩上的魔法师那里解放了，毫无抵制地，她吊在她未婚夫的臂膀里，跟着他，几乎是舞蹈着回到了她母亲的农舍。

"谢谢，"她盯着他的眼悄声说，"谢谢，因为——我怎么说呢？"

"把你从山妖那儿解救了。"博毅替她说。

"没错，从山妖那儿！"

她转身要去看那个结束了的危险。

"别朝后看！"未婚夫警告着将玛瑞尔拽进农舍的门，而山上传教者的只言片语还是借着风传到了他这里。

第九章

八天后的早晨，监管员在睡透了一夜后醒来，他的第一个清晰念头是，必须离开礁岛，随便去哪里，只要能独处、让自己振作、找回自我。传教者的到来有一定的预期效果，所谓"吓住了乌合之众"，于是混乱和鲁莽平息了；然而另一方面，监管员没法享受这份新获的宁静，因为未婚妻的兴奋状态迫使他必须始终让她处于他的视线之内。于是，他陪着她，实在是从早到晚地护卫着她，在没完没了的关于宗教问题的谈话里，试图让她避开传教者蛊惑人心的言辞。所有这些他年轻时斗争过的、如今得再来一遍，鉴于新的反证已被找到，他必须重新编辑自己的辩词。他即席做出了关于上帝、信仰、奇迹、永恒及祈祷的心理学解释，以为姑娘明白了。可三天后，当他发现姑娘还停留在她原来的论点上，而这段情感关系处于这一讨论之外时，他丢下了这一切，试图用新的情感领域唤起情色的感知来赶走别的。可他必须赶紧放弃这一尝试，因为谈论起将要体验的那些就只会让姑娘更激动。他很快发现，在宗教狂喜和感官狂喜间存在着一座秘密的桥。从对基督的爱，她很轻易地穿过宽宽的、可开闭的邻人之爱的吊桥，抵达对男人的爱；从克制，人可以踩着轻快的碎步走过放弃的铺板人行桥，抵达它的"邻人"苦行；一个小小争吵带来的、不舒服的负罪感，必须在愉悦感也就是赎罪中得到和解。

在苦恼中，他不得不首先拆掉这些桥，让她直面原生的欲望，唤醒她对于他用闪光的颜色描绘出的、现世的欲望。可当他做到了之后又在最后一刻退却时，她便生出一种失望的冷漠；而当他再度尝试培养她的感情，将它们引向后代和家庭之类的想法时，她便撤退并坚定地对他声明，她不想有什么孩子。她甚至能使用一个如今在一些妇女小组中常见的措辞，说她不想成为他缺少的子宫，或传送她要冒生命危险为他生到世间来的、他的子嗣。

他不由觉得，自然将某个东西横亘于他俩之间，某个他还不了解的东西：他自我安慰地想象，这只是蝴蝶对产卵和死亡的恐惧，是花朵对于自己的美丽会在撒种时褪去的怀疑。

可在这八天里，他已精疲力竭，他精密的思想之轮已在轴承里蹒跚，运行中的弹簧业已松弛。

在这样过度的紧张之后，他想工作几小时，脑子里却充斥着杂碎。琐碎的话兀自重复，几乎能让他听见；她在他们对话时通常使用的姿势和表情屡屡景一样浮现；他对本该做出的回答，那时、那时还有那时的，抛出建议，一个他做出的巧妙回答的回忆能带给他片刻的欢愉。一言以蔽之，他的大脑充满鸡毛蒜皮。现在，他注意到自己试图解决这混乱，他像在校男孩那样和她对话，而不是和一位成熟女人交流思想，他从自己那儿给出大量的能量，却没得到任何回馈，他将一块干燥的海绵放在自己灵魂的正当中，海绵膨胀时，自己却变干了。

他受够了这一切，倦了，憧憬能出去，出去一会儿，因为永远的逃离他办不到。

眼下，他在清晨约5点时透过窗户朝外看，只看见一重浓雾——虽有一点轻微的南风，却一动不动。不过，这非但没让他泄气，那份透光而洁白的朦胧诱惑着他，似乎能将他隐藏，把他和那块如今让他觉得深受束缚的地球的小碎片隔开。

气压计和风向标告诉他，稍后会出太阳，因此，他坐进船，没做长时间准备，只带了海图和指南针，其实就连这些他也从不依靠，因为他能听见海上半里①外浮标的啸叫声，那声音正在他打算找到一个靠岸点的方向上。

于是他升起帆，很快进入雾中。在这里，眼睛不受所有因颜色和形状而生成的印象干扰，和混乱的外部世界隔绝开了，他因而感到高兴。好像有属于自己的空气包裹着自己，他独自划向前去，仿佛在另一个天体上，借助一种不是空气而是水蒸气的媒介。这媒介和干燥的空气比，吸起来更惬意也更提神，因为后者带着不必要的、百分之七十九的氮，自打土壤元素从气体的混乱中跑出并安顿好自己，氮就留下了，没有看得见的用途。

这不是什么幽暗的烟色雾，而是光亮如新融化的银，太阳光穿过它筛了进来。像棉胎一样温暖，治愈地环绕他疲惫的身体，保护着他免受颠簸和压力。他享受了这唤醒感官的休憩，无声、无色、无味，感受到自己疼痛的大脑因无须被他人干扰而清凉下来。他肯定不会被问询，不用回答，不用说话。仪器设备静立片刻，而后所有的传导线给切断，他于是又开始思考起来，清晰地理顺了所经历的

---

① 瑞典的里，1里相当于10公里。

一切。可他刚经历过的是那么低等、那么琐碎，在新鲜的一切到来前，他必须先让最近一段时间浸泡了船只的污水流尽。

远处，他听见每隔那么一会儿，呼啸的航标就会喊叫。被这声音指引，他将航线直接引入浓雾之中。

又宁静了，只有船头海水的飞溅声和船尾航迹波的高低起伏让他意识到自己在向前。然而紧接着，他听见一声大黑背鸥在浓雾里的喊叫，与此同时，他似乎听见船尾方向传来船头引发的海水的泼溅和呼啸，他大声叫唤着以避免危险，却没得到回应，只听见船只倾倒时传出的水中哨音。

继续航行了一会儿，他发现了带大桅帆和前桅帆的迎风桅杆的上端，却看不见船体和舵手，是让高高的涌浪遮挡住了。

在其他情形下，这事不会干扰他的思想，可现在，它造成一个印象，仿佛是处于匆促的不可解之中，这带来恐惧，从恐惧走到迫害的念头不过一步。新唤起的怀疑加快了速度，他随即看见一只似乎是被画进了雾里的鬼船，就在他的避风侧移过，可还是看不见隐藏在方形帆后头的舵手。

现在，他又招呼了一声，没得到回答，却看见船离开了风眼，那么厉害，以至于他注意到舵手座位是空的，而后，魅影消失在吞没一切的浓雾里。

习惯于不被未知的恐惧吓倒，他立刻有了一套解释方案，不过最终停在了一个疑问跟前：为何舵手要隐藏自己？——因为一只航行而非漂流的船上必有一位舵手，这毫无疑问。舵手为何不想被人看见？人们通常只有在做坏事时才不想被看见，希望不被人管，或是吓唬住别的某个人。这个还不能被明确看到的航海者多半不是来寻求孤独的，因为他始终沿着同一航线行驶，要是他想吓唬一个无畏而不易迷信的人，那他得找个更好的办法。无论如何，监管员继续沿着朝向航标的航线前进，却始终被那只鬼船在背风侧固执地追逐，不过，它只是描画出自己，始终保持距离，正如那浓密的雾。

到了更远处的水域了，风更强劲，雾像长长的银条，看起来薄了些，被浓雾镶了银边的阳光落在了浪尖上。随着风力增大，航标的喊叫也增强了，他现在正面对阳光驶去，那里的雾已几近消散，他以全速奔向航标。而今，航标在那儿，在浪头摇摆，朱红色，发着光，湿漉漉的，像一只掏出的肺，带着巨大的黑色支气管，斜斜地戳向空中。接着，被浪压住的空气掀起一声叫喊，仿佛大海对着太阳吼叫，底部链条咔嗒咔嗒地响，直至跑到尽头，现在，海浪沉降，吸回空气，一声来自深处的咆哮扬起，似乎是从一只沉溺的乳齿象巨大的长鼻子里发出的。

这是他在经历了一个月的废话和琐事后获得的第一个非凡印象。

他敬佩人中天才，能将这航标安在阴险的浪上，安在这大海上，这样大海便能警告自己的那些毫无防御的牺牲。他嫉妒这隐士，可以这么躺着，靠脚镣和底部的岩石拴在一起，在海的正当中，日日夜夜带着吼叫撞击风和浪，于是在几里的范围内都能被听到，成为第一个向到达它的领地的外来者表达欢迎的，也呜咽出它的苦痛，并且被听见。

景象匆匆飘过，半暗重新围住正往礁岩而去的船，那是他打算休息的地方。有半个小时，他都在同一个航向上，直到听见碎浪击打海滩，他于是改变航向并且驶到了避风侧，很快穿进一道峡谷，从那里他可以入港。

这是航道外最后的礁岩，由几桶地①红色片麻岩组成，除了在那些漂冰未完全将岩石彻底刮净的地方有些地衣，没有其他植被。唯有黑背鸥和海鸥在这里有它们的栖息地，监管员抛锚且走上礁岩之顶的过程里，它们尖叫出一声声警报。监管员把自己裹进毯子，放入完美地抛了光的石缝，那里有一把舒适的椅子。

在这里，没有证人，没有听众，他让思想自由奔跑，袒露自己，细察内心，听见自己心底的声音。和其他人不过是有了两个月的摩擦，他已通过适应法则失去了自我最好的那一部分；开始习惯于认同以避免争论，练习屈服以避免断交，发展出一个缺乏个性的、柔顺的陪伴者；大脑充满琐碎，被迫说些省略又简单化了的字眼，他觉得自己原有的语言规模缩小了，失去了一半的声调，而他的想法转入一条老旧的轨道，带回到放压舱物的地方。关于人要尊重别人的信仰，关于人人皆因恭维话而快乐的、陈旧而无力的诡辩再次爬回他体内；纯粹出于礼貌，他扮演了魔法师，结果给自己的脖子上套了个危险的竞争对手，这竞争对手时时刻刻都威胁着要解放那唯一的人的灵魂，而他是希望那个灵魂能和自己的相互融合。

当他想起自己如何愚弄了那些人、那些相信他们愚弄了他的人，一丝微笑爬过他的嘴唇；却有一个半高而无心的声音说："一群驴。"这让他惊跳起来，是因为一个闪念而惧怕：有人会听见。

---

① 桶地，是瑞典旧土地面积单位，指能播种一桶种子的土地面积。

就这样，静默的思考继续！他们以为已捕获了他的灵魂，而他已捕获了他们的！他们想象他给他们做事，他们却不明白、他利用他们锻炼他自己的灵魂并体会权力带来的享受。

然而，这些他先前没敢承认、只属于自己的想法眼下进行着自我陈述，好像是他的灵魂的孩子，健康的大孩子们——他认得，他们是他自己的。不过除了做一些别人希望做而做不到的，他没干别的！以为自己变成了手摇管风琴的年轻女人，没料到却是给选作了他的灵魂传音板——

与此同时，他跳了起来，打断自己那危险的思想奔跑，因为他听到雾气深处的岩石上清晰的脚步声，又很快觉得也许是听错了，是孤独和害怕受惊所致，他转身朝自己的船走去。发现船的状态良好，便决定环礁岩走一走，寻找那另一条船，这里肯定还有一条，因为还来了另一个人。他爬上海滩的石头，很快发现，在下一个岬角的避风侧，有一条装备了四方帆的橡木船，和他在海上看到的一模一样。显然，舵手肯定在这礁岩上，监管员现在开始了雾中袭击，不过始终保持自己走在船只附近，这样能切断对手的撤退。喊了好几声都得不到回应之后，他终于意识到，必须离开船才能抓住那个神秘的家伙。他下到船内，拿掉舵柄，好让一切逃离变得不再可能，而后又钻进大雾。他听见自己前方的脚步声，靠听觉跟随着那脚步，但是声音很快去了全然不同的方向。疲于追猎，因为无果的努力而恼怒，他决定给这场表演来个急促的了结，他可不想等到大雾消失。

他尽可能提高嗓门大喊："有人在那儿吗，回答！因为现在我要开枪了。"

"上帝啊！别开枪！"雾气里有人说。

监管员觉得听到过这声调，可那是很久以前了，或许在他的青年时代。现在，他靠近那个未知的人站立的地方，看见那人一团灰的身影，唤起了对这一类轮廓的记忆。朝里弯的膝盖，实在过长的胳膊，歪斜的左肩，在初中三年级校友里倒是有这么个人物。可当他看见《圣经》小贩的美式胡须从浓雾里冒出来后，就和记忆里的图片不再吻合了，而只看到那个将约翰的启示应用到蜃景里的、岩石上的男人。

这人抬了抬帽子，带着害怕的表情走近监管员。面对这偷偷的跟随者，监管员也没觉得自己有多安全，因为他其实没带枪。为掩饰自己的不安，监管员用锐利的语调问："您为何在我面前隐藏自己？"

"我没隐藏啊，是大雾造成的。"传教者柔和又讨好地回答。

"那为何不坐在舵边？"

"哟，我不知道必须坐在舵凳上，我坐在迎风处，好让船跟随着波浪的起伏！因为您看，我在舵柄尾端用着帆脚索，就像我们通常在罗斯拉根一带使用的那样。"

解释可以接受，但仍然没回答问题——为何一直跟着监管员到了这里？监管员此刻觉得这里头一定有灵魂的近距离博斗，他俩在这儿撞上绝非偶然。

"您这么早到这儿来找什么？"监管员捡起断了的线。

"哎呀，这叫我怎么说呢，我有时觉得，就像是我需要和自己独处。"

这一回答在提问者那里撞出了回声，还有认同的表情，传教者能从他脸上读到，便补上一句：

"您知道，当我在冥想中寻求自己，祈祷并找到自己，我于是也找到了上帝。"

这些字眼里有一个天真的告白，但监管员不会翻译这不由自主的异端学说，并得出结论：上帝因此就是我自己或在我自己内部，此刻他对这男人产生了一种尊重，这个人能和一个虚构独处，换言之，在一定程度上他是孤独的。

同时，监管员细看着传教者的脸，除了上嘴唇之外，他有着杂草丛生的褐色长胡子，正如水手们和《圣经》小贩常见的那副模样，许是为了便于说话又依然像一位使徒。他似乎在感知这张脸背后的面目，并且被这番探寻惹怒，似乎他的记忆已不自觉地被别人使用掉了，他直率地问：

"我们以前没见过吗？"

"见过，我们肯定见过，"传教者回答，"您，监管员先生，也许您不知道，您深刻地影响了我的生活，可以说您决定了我的道路。"

"哦，不会吧！说说看，因为我什么也不记得！"监管员请求道，自己坐在了岩石上，并邀请那人也找个位置。

"哎呀，那已是25年前了，那时我们一起上三年级……"

"那时您叫什么？"监管员打断话头。

"那时我叫奥尔松，被大家唤作奥克斯乌勒①，因为我爸是农民，我穿家里纺的布匹和毛线做成的衣服。"

"奥尔松？等等！您是我们当中算数最好的？"

"是，是这么回事！不过，有那么一天到来了，校长的50岁生日。我们拿树叶和鲜花装饰了学校。课后有人提议，我们班拿上花束，送到在家里的校长太太和女儿那里。

---

① 奥克斯乌勒，有"公牛"的意思。

134

我记得您认为没必要，因为校长的女眷和学校无关，却往往以令人不安的方式插手学校内部事务。尽管如此，您跟着去了，我也是。我走上台阶时，您瞄着——我那家里做的衣服，我猜，您也注意到我拿了最美的一束花，您喊道：'扫罗也列在先知中吗？'"①

"我全忘了。"监管员简短地应了一声。

"可我从来没忘，"传教者带着颤抖的声音抗议，"它落在了我脸上，表明我是那脏兮兮的羊、闯入者，我的致敬永远不会让一个有身份的女士真正接受。我不再上学了，为的是投身于生意，借此尽快挣到钱，过上锦衣玉食的日子，学习优雅的举止和精致的语言。可我从未得到更好的地位。我的外表、语言、举止都阻碍了我。而后，我开始自己独行，在孤独中，我找到了从未意识到的、内在的燃烧之力。牧师，我以前的确想当，现在太迟了。孤独让我对人感到恐惧，这种恐惧让我完全孤独，那么孤独，以至于我不得不从上帝那里寻求我唯一的相识，那些被无视的一切、那些脏兮兮的、那些弃儿的救世主，我们的主耶稣基督——这我得感谢您！"

最后的字眼带着确实的苦涩给说了出来，监管员觉得公平游戏更明智，便打断对方："这么说，您恨了我25年？"

"无边无际！可自从我抛开对上帝的复仇后，就不再恨了。"

"那么，您有这么个要去报复的上帝！那么您是相信上帝选您作为工具，或者，您的意思是他会让他的电火花

---

① 出自《圣经》旧约的《撒母耳记》。

击中我，或是在我的船只周围刮起大风，或是给我点上天花？"

"没有人知道上帝的路，而不正义的途径人人都看得清晰！"

"您从一个男孩随口而出的话里看到了什么不公呢，以至于上帝要困扰这个人半生，这是非常不公平的！我纳闷那复仇的上帝不是坐在您心里吗，您刚才还声称和上帝有约见？"

被自己的话套住，传教者再也控制不住自己。

"混蛋！现在我知道监管员是个什么人了！不过苹果总不会落得离树太远！现在我明白了所有撒旦的诡计。给上帝造屋子是为了妓院，好给一名妓女做供奉！玩预言家和魔法师为的是让群众拜倒，来膜拜那个否认上帝的人。可上帝这么说：那些洗净自己衣服的有福了！可得权柄能到生命树那里，也能从门进城。城外有犬类、行邪术的、淫乱的、杀人的、拜偶像的，并一切喜好说谎言、编造虚谎的！"①

他最后的字眼，不必从任何别的地方找来，而是从他唇上冒出的，带着令人难以置信的流利和兴奋，就好像怕一个粉碎性的回答会减弱效果似的，他转身走下自己的船。

在此期间，雾给揭开了；大海展露出它纯粹的蓝色，舒缓、释放。

监管员在他的石椅上继续坐了一会儿，思考同物理力量处于相同规律下的、灵魂的屈服。风在近爱沙尼亚那一

---

① 出自《圣经·启示录》。

边掀起一波海浪，一道浪追猎另一道浪，把这番动力传播到瑞典海岸的那最后一道浪里，移开了支撑着岩石的一块小鹅卵石；成年后就是将一连串结果展示在岩石的翻滚上，伴随着的就是如今被揭开而暴露了的岩石正遭受新的伤害。

他的大脑在25年前就已抛开了一个对他而言无意义的语词，这语词穿透一只耳朵，将大脑放进如此强烈的运动里，以至于在他把方向朝着整个的成人生活之后也还在震动。然而谁知道神经脉冲是不是通过接触和摩擦又得到加强了的呢，那么再一次地，它将随着增强的力量释放自己，带来另一个运动中的对抗力，导致他人生活里的动摇和破坏！

现在，当传教者的船快速推进，绕过岬角朝东礁岛而去时，监管员确切地感受到，那里坐着一个正向他的堡垒行进的敌人，他站起身，走向自己的船，赶紧回家把自己变为防守状态。

*　　　*　　　*

坐在船里，随着海浪的轻摇而沉静下来以后，他获得了一份强烈的欲望，要以完全的孤独在海上再逗留几小时，好把刚才那一番恼人的感觉吹走。

他为何也要害怕这个人对未婚妻的影响呢？要是她下降到和那些没教养的人同等的水准，那她还是显示出她并不适宜生命之间的结合。可不管怎么说，这一惧怕的存在已同样伤害了他。提醒他那些生活在对于丧失的恐惧中的人的行为，打着个印记，那可笑的名字是嫉妒。是对于保有什么的无能感出卖了他内在的脆弱吗？抑或不如说出卖了她的脆弱，正如在气球要上升时不能抓牢它，并且离开

137

宗教的应急锚、扔掉情感的压舱袋？估计后者更对，尽管那些并没有什么好丧失的人有某些习惯。

此刻他已掉转方向并处于东礁岛西南脚下，此前他不曾从这个角落观察那座囚禁自己的监狱。他看见石坡最高处未完成的礼拜堂带脚手架的骨骼，虽说早晨已往前挺进了许久，却没见着一个工人；他也没看到任何出海捕鱼的船；小岛被一整片巨大的沉寂包围，甚至海关小屋和领航员瞭望所那里也不见人影。他改变了方向绕岛航行。可到了外圈后，海浪更高了，战斗中他只获得了微小的胜利，以至于花了整整一个小时才抵达码头。现在看到了女士们居住的那座农舍，他刚穿过码头登岸岬，便注意到，所有岛上的人都围着那幢房子，门廊处传教者光着头站着，并且在说着什么。

充分意识到这里正有一场战斗在逼近，他登岸、收帆，走上自己的房间。

透过开着的窗户，他听见一首圣歌正被吟唱。

此刻他想坐下工作，可他知道自己很快就会被打扰，这一念头阻止着他着手做任何事。

痛苦的半小时流逝了，在此期间他比以前更清楚地发现，他不再拥有自己了，都掌控不了几平方米。在这范围内，他本可以锁住自己，避免灵魂受侵扰，就像鲸类动物皮肤上双壳贝牢牢吸附着，最终以它们的重量阻碍了他的速度。

这时，在一阵短促的敲门声响起之后，门给推开了，玛瑞尔小姐站在他面前，脸上有一副新表情，类似于痛苦的责备和优越的同情。

她也让一份群众意见跟着自己、在自己身后，因此对这个孤独的人充满强烈的不满。

"你到哪儿去了？"她开了腔，试图不让自己显得过于傲慢。

"我出海了！"

"不请我跟着？"

"我不知道你有那么喜欢出海！"

"你明明知道，不过你当然更喜欢和你那些阴暗的想法独处！"

"也许吧！"

"肯定的！你不觉得我注意到了吗？你不信我看出你怎么厌烦我了吗？"

"我没厌烦你，所以我才每日跟着你进进出出，而在早晨，你通常睡着时，我就抓住这份自由去航海几个小时。而你显然已厌倦于学习捕鱼，因为我一次也没见你出过海。"

"现在不是捕鱼的时候，这一点你很清楚！"玛瑞尔小姐以一种真理在握的口气回答。

"确实不是，我看出来了！"冒着爆炸的危险，故意接近矿山本身，监管员反驳道，"我看见人们如何放弃工作去听布道……"

这下子，爆发的准备就绪。

"不正是你希望在这外海上有座教堂的吗？"

"没错，那是在礼拜日。前六天人得工作，在第七天去教堂。可在这里，没有哪一天去工作的，只是天天被布道。大家不想着为自己和家庭谋生计，却争相冲着个不确定的天堂跑。为礼拜堂干活的劳工离开了工作，我们将永远没法站在教堂顶下注视，我时刻都等着听到贫穷的爆发，这样我们好安排做些慈善……"

"这正是我想谈的！"玛瑞尔小姐插话，开心于不必自己挑起这话题，却也忽略了监管员已提前消耗了它。

"我来这儿可不是训练怎么做慈善的，而是要教群众无须慈善而自救的。"

"你在根本上就是个没心的人，虽然看起来有另一副面孔。"

"而你要用我的经费显示你宽广的心，却不肯牺牲自己连衣裙上一米长的裙褶。"

"我恨你！我恨你！"姑娘喊道，脸上是一副骇人的表情，"我很明白你是什么样的人，我知道全部，全部，全部！"

"那么，干吗不离开我呢，为什么？"监管员用一种铁似的冰冷语调说。

"我会离开你！我会的！"姑娘喊叫着，走向房门，却没离开。

坐在桌边的监管员，拿起笔来开始写字，以避开重新挑起一场争吵的诱惑，一切已说尽。

仿佛在一场梦里，他听到女人如何哭泣、门又如何给带上、脚步如何到了门廊继而嘎吱嘎吱落在了台阶上。

当他醒来看那纸上写的，他的笔曾在上面游走，他看见"潘多拉"这个字眼给写了好多次，估算自那一幕落下已过去好一会儿了。

然而，字眼击中了他，唤醒了他对其中的意味的好奇，那个随岁月流逝逐渐被忘却的意味——尽管他对之还有一丝淡薄的记忆，它出自神话。他从桌上拿起小字典，打开来阅读：

"潘多拉，古代的夏娃，大地的第一位女人。为报复普罗米修斯偷火，被众神派遣给人类带来了所有此后散布人间的不幸。在诗歌描写中，她是善良的幌子掩饰的、眼花缭乱的邪恶，欺骗和惊奇生成的造物。"

这是夏娃传说之类的神话，那个让人类被逐出伊甸园的夏娃。可当传说为一个又一个世纪的人们证实，而他自己体验了在外海中这么一块小土地上，这个他想播撒光亮的土地上，一个女人的存在如何已弄出暮色，希腊和犹太诗人的图像语言里一定存在着一个思想。

他感受并知晓，她恨他，因为她和底下那些乌合之众做着同样的事，但他也没法怀疑她的爱，虽然这份爱只意味着蒲公英被太阳吸引，要借阳光实现自己对黄圆盘的拙劣模仿。不过在低级的人物那里有某些低级的东西，某些带破坏欲望的邪恶，一场不公正的权力斗争。因此，对他而言，这牵涉到对非理智的胜利。要告诉她这一点，没错，那就是断绝关系，所以，他们的关系的存续需要他的屈服或至少是他要承认她的优势，那正是将生活建筑在一个善意的谎言之上，这谎言会发芽、生长，而且也许会扼杀坦率的共同生活的一切可能性。这里正有着和婚姻相关的所有不幸的最深原因，就是说男人带着有时是故意的谎言走进一个结合，往往会成为幻觉的猎物，因为他编造了一个愿和这一生物同化的自我。由于这个视错觉，预见力，密尔给骗到这样的程度，相信从他为自己而高高举起的那个笨女人那里获得了所有锐利的思想。

这是自远古以来的爱之代价，男人想隐瞒女人是个什么，这种闭口不言在许多世纪以来造出谎言的混乱，科学不敢去打搅，最勇敢的政治家们不敢去碰触，而如果涉及教区的女人，神学家也会来否定他的保罗①。

可他的爱刚开始，当他看见她用恳求的目光仰视自己时，他内心的爱点着了火；然而当她践踏了他想给她以及大家构筑的幸福之后，带着愚蠢的胜利微笑来到他面前时，这份爱已经溜走。

"结束！"他对自己说，起身关好门。

结束了他年轻时想找到那个他寻求的女人的希望："那个女人，生来带着足够的感知，明白处于另一个性别之下的自身性别的劣等性。"

他自然在不同时期遇到过一两个承认女性的劣等性这一事实的女人，但她们终究并且始终在事实的原因上有所保留，将责备丢给子虚乌有的压力，保证说，若女性获得更大自由，必将很快超越男性，于是他和她们之间的争斗一直如火如荼。

他既不想在一场与蚊子的不对等战斗中耗费自己的智慧，又不能用藤条击打它们，因为它们太小、太多，因此，现在必须永远结束这场对不存在的人没有结果的求索了。他会将所有能量放在工作上，放下家族、家庭、家以及性冲动，将繁殖抛给其他"善于繁殖的动物"。

自由的感觉让他的灵魂得以休息，似乎脑子里的门闩开了，大脑开始无所顾虑地运转。想到不再需要用自己的外在来取悦于人，他便将衣领解开——那是让他感到不适而未婚妻认为别致的。他将头发弄成更惬意的样式，因为那样会使他的神经更加平静，先前他总是处于一种持续的冲突状态里，发型则是未婚妻最喜欢的那一种。他喜爱的

---

① 指《圣经·哥林多前书》中保罗认为，妇女在会中要闭口不言，像在圣徒的众教会一样。

烟斗，那个老相识，曾不得不给丢在一边，很久没敢穿的晨衣和软拖鞋也重获自由，这给他提供了一种更令他感到透气的媒介，使他可以在其中不受阻碍地呼吸、无限制地思考。

而今，摆脱掉所有这些迁就和限制，他首先注意到，甚至在一些小细节上，他经历了怎样的一场暴政。他可以走进自己房间而不担心因为敲门声变得紧张了，沉浸于思想，不觉得自己虚假……

享受这新获的自由没多久，有人敲门了。他的身体抽搐了一下，好像一些系泊索具依然拽着他。他听到官员遗孀的声音时，压抑的念头如一根棍子击打着他：没结束，相反还得再开始。

起先他打算让房门就那么关着，又觉得不妥，怕被视为懦夫，便决定打开。他看到老妇人友好而理智的眼睛，她带着美好的微笑、轻轻摇着头走进来，这对他来说好像过去半小时的画面只是一场梦，他从其中快乐地醒来，梦结束了。

"我们现在又争执起来了吗？"老妇人开了口，用亲密的"我们"抹掉不愉快的痕迹，"你们得结婚，孩子，在你们出现破裂之前！相信一个老妇人的话；别以为你们在考验订婚者的心，因为订婚越久越糟糕！"

"可若是结婚后再破裂，那就太晚了，"监管员回答道，"当我们已经发现性情和观念上有这么些不同时，那么……"

"什么观念？你们没有不同观念，没有，只是阿克瑟不在时姑娘觉得无聊，因此她才会跟着那个《圣经》小贩跑。至于性情，它来它去，全看神经处于什么状态。阿克瑟这么明智的人肯定十分清楚女人是什么！"

他想吻她的手，首先是因为遇到一个对自己的性别特性有了解的女人而感到开心，可他想起自己听到过这个说法，每一次女人说女性的坏话，都是为了得到他，因此这更是奉承而非承认——因为说到语重心长，那么表达意见的目的是要回收到利息。因此，他控制住自己说：

"我们让时间来决定吧，亲爱的母亲！在这海岛上结婚，我做不到，不过先让我们在秋天回城里去吧……假如玛瑞尔对我的工作表现出更多的理解，而对我的世界观和生活方式不那么反感的话。"

"阿克瑟惊人地深刻，如果一个可怜的姑娘不是总能跟得上，这可没什么好吃惊的。"

"没错，可要是她没法跟着我往上走，我就不得不跟着她往下跑，而后者似乎正是她的坚定意愿，那么坚定，以至于今天在我看来，似乎在所有的一切背后带着一种隐藏的怨恨。"

"恨？那可只是爱，我的朋友！下来吧，说点好听的，她就又好起来了。"

"在我们今日交谈之后，绝不会再说什么好听的了！因为，要么那些话意味了什么，所以我们是敌人，要么什么也不意味，所以有一方是不负责任的。"

"是啊，她不负责任，不过阿克瑟一定得知道女人就是个孩子，直到她成为母亲。来吧，我的朋友，和那孩子玩玩吧，否则她会找其他玩具，那更危险。"

"嗯，不过，好母亲，我没法玩上一整天而不疲惫，我也不相信玛瑞尔乐意被当成孩子。"

"哎呀，她就是个孩子，只不过看起来不是！哦，阿克瑟在这个关系里，面对的是怎样一个孩子啊！"

又是客气话，倒好像来自任何别的人，而从一个准丈母娘那儿获得，就成了一份侮辱！现在，当她伸出手要把他带出去时，他觉得心里的所有对抗都停止了。她通过不予回答他的问题而将讨论带离了问题本身；她对着那糟糕的一团吹吹气，而非解开它；她爱抚他的怀疑直至平静、抽走不安，同时通过她的女性气质、她的母性举止，让他将个人的自由的意志放在一边。

他换了外套，几乎带着喜悦，顺从地跟着那不停说话的老妇人走下楼梯，好继续游戏并给戴上手铐。

可一到门廊，他遇上了前来送信的传教者——是一封盖着农业科学院图章的信件。

监管员就地打开封印，将信放入口袋，似乎很高兴收到了什么，一个话题，一个避雷针，他赶紧把消息告诉了等待着的官员遗孀：

"会有访客来！"他说，"学院给我派了个要学捕鱼的年轻人。"

"那太好了，阿克瑟有男性伙伴了。"妇人真诚地说。

监管员迈着轻快的脚步走向等待着的未婚妻。他觉得有这么个消息，可以跳过最不舒服的那一个解释。

第十章

　　几天后，监管员独自外出航海了，为的是将三文鱼钩绳悄悄放下。耽搁了午餐几小时后，他从码头那儿上来，听见女士农舍传来的说笑声。他并无偷听之意，朝那儿走去，到了西山墙，透过位于农舍角落的客厅的两扇窗，他看见两位女士在门廊用餐，有一位男客也在桌边。又上了一道台阶，他看见眼里闪光的玛瑞尔小姐举起一杯葡萄酒，递给桌子另一端只看得见一副宽肩的客人。突然，监管员意识到，他先前见过玛瑞尔这个姿势，也曾见过她眼里类似的神色，他记起在礁岛初次看到她的情形，她请船夫喝一杯啤酒，那时他想：她在一个下人跟前卖弄风情！可现在他震惊了，因为从没见到她瞧他时有这副神色。她的目光只反射他的眼神吗，抑或总在成为她俘虏的他面前，隐藏真实的一面？

　　他注视了她好一会儿，注视得越久，就越觉得玛瑞尔的脸上表情奇怪，那么奇怪，他给吓住了，就像察觉了最亲近的人的欺骗。

　　"要是人在隐身时可以看到那么多，那还有什么听不到的？"他这么一想，便停在犄角后倾听。

　　母亲此刻起身，进了厨房，年轻的一对陷入独处。

与此同时，他们降低了嗓音。听到那位陌生人温暖的诉说，玛瑞尔小姐的眼神变得朦胧：

"嫉妒是所有缺点里最肮脏的，在爱情里不存在所有权……"

"谢谢这些话！非常感谢！"玛瑞尔小姐说着举起酒杯，她的眼睛因为几滴滚动的泪珠而湿润，"您虽然年轻，但您是个真汉子，因为您相信女性。"

"我相信女性是造物主带来的一切里最怡人、最美好和最真挚的，"年轻男子带着更加强烈的狂喜继续说，"我相信她，因为我相信上帝！"

"您相信上帝？"玛丽小姐接着说，"这说明您也睿智，因为只有蠢货才会否认造物主！"

监管员觉得已经听够了，同时他也看到了他珍惜的生命之友带着多么大的伪装；他匆忙走向前，调整自己的面部肌肉，装出一副灿烂的表情，似乎是重新见到了思念的人儿，甚是喜悦。

姑娘脸上散发着刚才的魅力，还有刚提及的对女性的信任带来的火焰。她接受了未婚夫的拥抱，回之以比以往任何一次都炽烈的亲吻。

而后，她打趣地介绍助理布洛姆：一早到达，已赢得岛上所有人的心，是个难得的打鱼人。

"我们刚谈到布胡斯省的大西洋鲱鱼，而后你进来了，打搅了我们！"姑娘以此结束了介绍。

监管员让谎话以及那危险的语汇"打搅"、挑战的字眼"所有人的心"自行过滤，向那位约莫20来岁的高个子年轻人伸出手，这人缺乏掩饰能力，带着负罪的表情伸出手，结结巴巴说了几个让人无法理解的字眼。

与此同时，母亲出来了，问候了准女婿，着手安排桌子。

一场对话很快开启，玛瑞尔小姐大概想得到点支持，开始揶揄未婚夫的服饰。

"那副面纱，知道吗，很贵，"她打趣道，"你坐着掌舵时得有把阳伞。"

"会有的，会有的。"监管员回答道，他掩饰住了在下属和生人前说这话带给自己的不快。

助手已觉得自己处于周到的上司之上，可还是忍不住对他碰到的残忍的对待方式感到忧郁，出于轻率的同情，用他的长手指在监管员帽子的面纱上摸了摸："是，不过这挺实用，"而后匆促插入先前用过的调情语调补充道，"假如玛瑞尔小姐也一样在意自己漂亮的皮肤的话……"

"就像您在意自己漂亮的手！"姑娘脱口而出，同时她摸了一把歇在桌上、正在卷面包的手，似乎立刻转回到了好心情里——她的未婚夫猜测，整个上午她都带着这样的好心情。

感觉自己有些可笑，独自吃着，而吃饱了的人就在身边，他需要积聚所有神经的力量压制住听到对话招致的抑郁！

"当着我的面，他们已互相恭维起身体的某个部分了。"他厌恶地想。不过他立刻意识到，假如他对这不合适的举止显露一丝不满，他便输了，不满会立刻被定性为他刚才听说了的那个肮脏的缺点。

"助理的确有一双异常好看而显出智慧的手。"他这么说着，以一位鉴赏家的表情察看了未婚妻赞赏的对象。

然而她并不希望他来认同自己的观点，便把头扭向一边，找寻对他假装的愚蠢的新一轮攻击。

"不能说什么智慧的手！"她笑出声来，似乎有些微醉。

"因此，我用的是更准确的说法：显出智慧……"

"哦，你是哲学家！"姑娘嘲讽地笑道，"你做着梦，所以你看不到我们替你吃完了所有的萝卜。"

"我很高兴刚经历舟车劳顿的人觉得这味道不错，并且我很开心地看到你们先于我照顾了他，"监管员很自然地说，"欢迎您来，助理先生，祝您孤身停留在这里时能感觉舒适。现在，我将您留给玛瑞尔小姐来照顾，她可以提供有关渔业方面的所有预备知识，我先上去休息一会儿。再见，我的鸽子，"他转向姑娘，"照顾好这位年轻人，领他走正道。晚安，亲爱的母亲。"他向官员遗孀问候，吻了吻她的手。

他的突围完全出乎意料，然而充分的理由和圆满的形式没留下任何不快的痕迹，让他免于被反对，同时由他说出最后一句话——那是别人不愿让他拥有的优势。

* * *

走进他的房间后，他只来得及惊诧于"输掉的恐惧"带给他如此不可思议的掩饰能力、来压住不快并让自己强硬，随即将一条毯子盖住头，躺进沙发，沉沉睡去，一个梦也不带。几小时后他醒过来，带着个为了生命必须牢牢咬住的决定：将自己从这个女人那里解放出来。

可正如她借助习惯咬进了他的灵魂，她只能再次以同样的途径咬噬着出去。他给她留下的空白必须先让另一个人填补。由那个人来填，那个甫一见面、其灵魂已将她的灵魂点燃的人。

未及想更多，有人敲门。

是传教者，他再三抱歉着进来，面带羞愧，试图挤出自己不得不说的。

"如今监管员，"他开了口，"没注意到这里的人有些缺少顾忌吗？"

"我一下子就注意到了，"监管员回答，"现在出什么事了？"

"是这样，建礼拜堂的工人说他们丢了木板，因此完不了工。"

"这可一点也不让我吃惊，我又能拿这怎么办？"

"您当然能，监管员就是干这个的，把一切弄成该有的样子！"

"那是以前！自从我看见传教者的布道已将他们带离了工作，间接将他们变成了小偷，我就已经后悔了。"

"可不能直接这么说……"

"不能，所以我说间接！可要是传教者需要钱，找别人去吧！请告诉我，这里的新助理是什么来头？"

"哦，据说曾是一名海军军校生，现在想学捕鱼，因为他父亲有钱，据说。"

对话开始时，监管员坐在窗边，看到了玛瑞尔小姐如何与那位助理一起玩投石游戏。他甚至能看见她的连衣裙怎样在每次后仰而躲开对方的石头时掀起。现在他看见助理在裙子掀起时开玩笑地弯下腰，似乎要借助姿势和表情表明自己看见了什么。

"现在听着，"他说，"我想了有一阵子了，若是有个小店，那将会对人们的经济大有好处，他们就不用划船去城里购物，还有可能让店主预支货物，渔民拿鱼来抵。奥尔松先生对此怎么看？"

传教者捋了捋自己的长胡须，他的脸上显现出一堆各式各样的欲望和摇摆不定的心思。

监管员此刻透过窗子看见助理是如何爬上瞭望台的柱子，借助胳膊平行吊挂着，而玛瑞尔小姐正站在下边拍手。

"没错，奥尔松先生，就是说，要是有一爿小店在这里，没别的，只会是好事。"

"但是，地方政府恐怕不允许，除非找到可信赖的店主，我是说一个……"

"我们得找一个有信仰的人，让一部分利润进入礼拜堂基金会，那么我们就同时有地方政府和基金会两方支持。"

这下子，传教者的脸晴朗了。

"没错，这样能行得通！"

"好，考虑一下这件事，试着找个合适的人，一个不会欺诈百姓也不会对教会做错什么的人。考虑一下。现在，另一件事，我注意到岛上的道德水准偏低。奥尔松先生看到或怀疑过什么吗？楼下韦斯特曼的事并不正常吧？"

"嗯！是，是在说，有些个什么，但没人知道！我也不觉得有人该插手！"

"您怎么这么说！可我担心，如果不在他们事情败露前及时插手，这种事在这里通常不会有什么好结局！"

传教者似乎一点也不想碰这档子事，要么是觉得不值一提，要么是不敢与人冲撞。此外，看来他病态的外表把他全部的想法集中在了自身的苦痛上，所以他话头一转，挑起自己来这里的真实事由。

"没错，是这样，我想问问监管员可有什么能给我的？

因为我在岛上受了潮、打寒战。"

"打寒战？我看看！"

监管员一刻也没忘这是个曾经挑战过自己的敌人，可在一时的冲动里，他查了查病人的脉搏，看了看舌头和眼白，同时已想好了处方。

"在乌曼家吃得很糟吗？"

"是的，糟透了。"传教者回答。

"您这是饿得打战，可以从我这儿拿点吃的。您发誓戒掉所有烈酒了吧？"

"可以这么说，我喝啤酒……"

"好，就从这瓶药剂开始吧，一日三次，喝完了跟我说。"

而后，他递过去一瓶加了金鸡纳霜的烈酒，接着，他抓住传道者的手说：

"您不该恨我，奥尔松先生，因为我们有伟大的共同利益，尽管我们走的是不同的路。要是我有帮得上您的，在您需要时，我都乐于帮助。"

这么个表面带着点善意的简单举止，足以扭转一个简单的人的看法，所以传道者相信自己赢得了一位朋友。带着真诚的感情，他伸出手、结结巴巴地说：

"您曾伤害过我，但上帝将它转换成了善，现在我感恩一切，并请监管员别忘了小店和地方政府的事。"

"我当然不会忘！"监管员结束谈话，做了个再见的手势。

镇定下来后，监管员走下石坡去找助理，助理正和玛瑞尔小姐做击剑练习，他的手腕和上臂承受着艰苦的努力，好让漂亮的防卫姿势呈现出必要的柔韧性。

一番赞美之后，监管员请他们原谅自己的打扰，但他必须和助理聊聊住宿问题了。

"全岛都没有空余房间了，除了女士房顶的阁楼。"他大胆地说，似乎已做过努力要找到另一个住处。

"不，那可不行！"玛瑞尔小姐说。

"为什么呢？"监管员说，"有什么阻碍吗？只有那个房间，除非我把房间让给他，那我就得搬来和两位女士同住一幢房子，那显然不可以。"

因为没别的选择，事情就这么定了，助理的行李给带了上去。

"可现在该谈谈正事了！"消停后，监管员继续说，"波罗的海小鲱鱼已经来了，八天后，捕鱼开始。因此助理必须马上、最好在今夜，趁这阵风还没转向，就要带着渔网出海，试一下他掌握的漂网捕鱼。"

"我可以跟去吗？"玛瑞尔小姐央求道，发出孩子似的叽喳声。

"你当然可以，我的天使，"监管员回答，"要是布洛姆先生也不反对的话。不过原谅我要先离开，因为我必须写一整夜的汇报。你们一点就得出发，可以带上咖啡壶。"

"哦，太开心了，太开心了！"姑娘欢呼着，似乎年轻了10岁。

"现在，我去备好船和网。注意，今晚早点休息，别睡过头。"

随后他走开了，吃惊于可怕的确信，就这样，自从放弃不可能的抵抗而走向进攻，他强迫推行了自己的意志。

第一次，他走进敌对而了不起的渔民乌曼的屋子。

他立刻注意到，那里让冷漠和不情愿主宰着，可他给出明确的问题和命令后，一切都屈服于他了。说了几句有关孩子的友善话语；保证岛上很快会有更好的日子，说他会承担所有风险；提了几句小店；提醒大家把桶和盐备好，要是没钱买，可以预支。他像大家的朋友一样离开，并保证说马上会给那感冒的老头送些厉害的药来。

接着，他走下船屋，找出连成一排、有大型浮标和强力拉绳的网。他检查了最好的那条船，又给两个能干的男孩下了指令。

做完准备工作，女士农舍的晚餐铃响了。

晚餐桌上，他和准丈母娘说着话，与此同时，年轻人——如今他这样称呼他们——用眼睛相互咀嚼，争论着、推搡着，似乎他们的身体不可遏制地彼此吸引。

"你就让他们俩这样独处吗？"他道了晚安要离开时，母亲和他低语。

"为什么不？流露出我的不满，我会变得可笑，可要是不显露……"

"那么你更加可笑！"

"就是说，无论什么情形，无论我采取什么立场，都无关紧要！晚安，母亲！"

第十一章

第一次试验漂网后已下了八天雨，没什么其他结果，除了订婚的那一对之间的一点风景。监管员完全清楚无鱼可捕，是他故意让年轻人迷路的。他走下去，走到海边去迎接回家的捕鱼人，在那儿让已经熬了一夜、彻底累垮的未婚妻套上了"白痴"的头衔。船上的汉子们偷偷咧嘴笑，害怕风暴的助理夹在中间开了个玩笑。对新捕鱼法的嘲笑在午餐桌上占据了很大的位置，监管员看起来深受羞辱，这让布洛姆先生好几次觉得，去维护监管员是自己的责任，然而助理的维护其实更伤害监管员的面子。

接下来的雨天将这群人关在了室内，而一个更亲密的共同的生活已在底下的女士农舍里形成，在那里，助理推介了大声朗读瑞典诗人作品的习惯。监管员起初倾听、最终离开，解释说瑞典诗是为准备接受坚信礼的人们和女士所作，他要等待，直到一个诗人出现，一个为男人而书写的诗人出现。于是，他被一致判定为不懂诗歌，对此他挺满意，这让他从在场作陪的义务中给解放了。

雨天甚至也让礼拜堂的工作停顿了，劳工们坐在农舍里，喝他们的咖啡加烈酒，能弄到什么咖啡就喝什么咖啡。

没法将人们聚到坡上的《圣经》小贩头几天在厨房里

转悠，想诵读《圣经》，却被人们报以漠不关心，还和大部分持自由思想的劳工们产生了争执。因此，他缩回自己房间，借口病了，跟监管员讨要药酒——因为药瓶空了。突然，他消失了，据说跟着一艘蒸汽船进了城。

而今，在前一天晚上，他回到岛上，有个他唤作兄弟的男人跟着，那人带来一条装载着各色物品的船，绝大部分是啤酒，给堆在船屋里，屋门敞开，两只酒桶上搭着木板充作柜台，因为地方政府已允许开一间小店。

在过去的几天里，渔民们已从近大陆的诸岛聚集到了这里。现在，船屋都打开了，里头住进了一家子，农舍里满是亲戚和旧相识。整个岛上，一种与平时的苍凉形成鲜明对比的生机占了上风。

因为这礁岛和捕鱼水域都属于大陆的一个私人所有，每条船都要由那人派来的工头收取一定的费用。监管员和这收费人从一开始就陷入了不友好的关系，他打算谈谈漂网，这意味着禁止在浅滩捕鱼，那么也会导致水上税收的停止。尽管有着这样显然不利的氛围，监管员知道怎么让自己有利，因为反对新方法的收费人用烈酒为旧方法作宣传，由此有违初衷地形成了一个模糊的背景，让漂网捕鱼这种方法更华美地脱颖而出。监管员确信自己的胜利，因为24小时内的所有时间段他都在收集水样、拉网、垂钓，带着他的水上望远镜进行水下调查，好发现鱼群在哪里移动。

不过他对这些细节并没有别的兴趣，除了它们能为即将到来的战斗锤炼他的能量，重新给予他力量的感觉，缺少它，那些拥有不寻常能力的人没有谁能活，而这能力不常使用就容易丢失。

自从助理来了之后的这段时间，因为日复一日坐在他们年轻人身边，他逐步习惯于一个低等人的角色，他就要活在这一角色里了。可他不想自己打破婚约，认为有必要由她那一边来解除。两个年轻人之间有着在很多重要方面的相似之处，他也目击那个成熟女人是怎样立刻陷入和一个不成熟的男人相同的层次，那个人所有不成熟的想法、即兴的话语都被她看作拥有高度的智慧。他所有的驳倒一句蠢话的尝试搁浅于那两个人没能力紧随推理中的线索。他们处于渴望拥有彼此的欲望驱动下。采取一些翻云覆雨的技巧或对低级性别的赞歌来竞赛，他不愿意，因为被取代正是他的目的，以便给这威胁他所有的未来生活的关系来个彻底了结。这个他居于其中的两男一女关系，使他在和未婚妻独处时，在偶然的瞬间只接收到来自另一男人的反射，感到那人的精神在她唇上，听到那人的幼稚从她嘴里发出回声，所有这些都结束了，让他厌恶，让他想起一个词"三人行"①。

　　年轻男人的自负也毫无边界，这人陷入可笑的念头，以为自己比监管员优越，因为他是玛瑞尔小姐的"同类"②，她给了他高于监管员的幻觉，根据那个非常正确的公式：假如A大于B，C和A一样，那么，C也就大于B了——却没先搞清楚是否A真的大于B。

　　监管员从未想到，有这么一日发现青春的秘密如此公开地被暴露，他在这里见它摆在托盘上被免费送出；而他清楚地认出了那些已经走过了的阶段上的自己。

---

① 三人行，原文为法语语汇 ménage à trois，指在一段关系或家庭中，有三人发生性关系。

② 同类，原文为意大利语 al pari。

他何尝没有因为饥饿和性冲动而哭泣呢？因为对长者已得到他还在为之奋斗的一切的嫉妒而怀有的厌世、悲悯之感，这感觉如今就在这里，压迫着他，同时对所有被压迫的、弱小之人的同情也因此被唤醒。预测漫长的一生里将要完成之事，以为若能把精力浓缩，做出一件像样的事来也不错，然而自己到底能做出什么来，对自我的能力实在不能判断。所有的感伤是未能得到满足的欲望所致。一份对女人的高估是由于和母亲相关的儿时记忆依然鲜明！那些依然柔软的大脑松软的半思考，处于来自血管和睾丸的压力之下。

他甚至再次认出了这些良好感知的细微迹象，它们处于原始的动物的狡猾和短缺的手段之下，常自以为高明，其实不过是狐狸试图玩花招，因此和众所周知的女性的手腕、牧师的欺诈以及律师的诡计一样让人困惑。

其实，年轻男人甚至试图阅读监管员的想法，因此他透露，自己怀疑监管员藏着危险的秘密，因为监管员与旁人不同。然而在这方面年轻人做得如此笨拙，以至于监管员发现了年轻人和女士们谈论的、有关他的所有想法和说法。监管员非但没走漏任何信息，甚而用他的回答迷惑那年轻人。这让年轻人开始疑惑，自己的对手到底是笨蛋，还是具有魔鬼的天性。所谓魔鬼，助理指的是一个故意的人，在伟大天真的前提下，带着完全的算计，总是唤醒和引导他人的命运遵从他的计划。所谓算计，是个美德，总给算不出后果的年轻人带去恶劣影响，所以助理的嫉妒呈现出低等的激烈欲望，要放倒对手，并将对手踩踏在脚底。

所以事情就这样悬着，而一个重要的日子、一个决定渔民们在即将到来的冬天里的整体生存状况的重要日子来临了。

＊　　＊　　＊

八月的夜，岛上悬着床头般的热，所有的崖与石在太阳下山后仍然温热，那么温热，露水没法将它们冷却。大海光滑地舒展着，外圈的水面上露出薰衣草灰色的地方，铜红色的满月渐渐浮现，此刻正被一条好似在澄海①中航行的双桅船遮去一半。更靠近海滩的地方看得见所有被抛出的渔网漂浮着，躺成了一排，就像一群海鸟在涌浪上翻滚。

等待破晓好检查渔网的人们带着咖啡壶和烈酒瓶，在海滩上围绕着篝火露营。卖啤酒的船屋里，一派繁忙，传教者站在兄弟身边搭一把手，腰间系着蓝围裙，如同一个熟练的酒馆主人那样开着啤酒瓶。

出来观察水流、温度和气压的监管员此刻正在沙滩徘徊，好让自己的思想休息一会儿。他时不时地会惊扰一对想独处的人。他们的教养中无法理喻的天真让他只想带着嘲笑和厌恶转身。走到更远处的岬角后，他爬上悬崖寻找属于他的座位，那个他通常冥想的地方。那是一把被海浪完美打磨过的扶手椅，因为一天的阳光照射，依然如瓷砖炉一般温热。

他坐了片刻，在涌浪的叹息声里让自己半睡半醒，这时，他听到底下海岸边沙子在沙沙作响，干燥的海藻间也有吱吱声，他看见助理和未婚妻缓缓走来，胳膊搂在彼此的腰上。他们停在看不见的旁观者和水面上的月光街之间，所以他能看见他们的身影被描画得如此清晰，仿佛他把他

---

① 澄海，原文为 mare serenitatis，拉丁文，月球的一个月海。

们摆在了显微镜镜头和聚光镜之间。此刻，他带着犀利而憎恶的目光，看见她猎鸟般的剪影斜靠在另一颗巨大的猴头上，大脸颊除了吹号毫无用处，狭窄的锥形脑袋没有额头。现在他看到了男人剪影里的赘肉，过大的屁股形成了丑陋的线条，这让人想起女人，类似法尔内塞的赫拉克勒斯。一幅半野蛮期男子的理想照，那时拳头仍统治着巨大而尚未完备的头脑。

他感到羞辱，似乎他和一头半人马有了姻亲关系，觉得自己的灵魂和一个倒退的类型沾了亲，站在一场罪行的面前，这罪行实施后能在所有即将到来的时间里伪造他的血统，欺骗他为别人的孩子牺牲自己唯一的生命，为此他将浪费自己最好的感情，一旦长牢就没法丢掉这份耻辱，好像脚上被束缚着无法获得自由。嫉妒，"这肮脏的恶习"，除了是恐惧，它还能是别的什么呢，它只是健康而强烈的血亲本能而引发的恐惧，恐惧在那值得称赞的、延续个人的最好的利己主义中受到阻碍。而又有谁会缺乏这种健康的激情呢，除了不育家庭的支持者、给老婆拉皮条者、懦弱的傻瓜、已婚女人的情夫和信奉柏拉图式恋爱的母权崇拜者？

他嫉妒，不过当最初的羞辱被愤恨淹没，一种无法控制的、想占有这女人而并不跟她结婚的欲望苏醒了。击剑手套已经抛出，选择中的自由已被宣告，他觉得有迎战的欲望，要打断连接，以情人的面目出现，因为赢得胜利能让他平静地继续向前，并处于一个并非生来是失败者的意识里，一个在爱的战斗中被淘汰的失败者。这里反正不存在什么以忠诚的方式进行真正的比试的问题，而是盗贼间阴险的搏斗。那个挑战者挑了最简单的武器——"崇拜"，并为偷窃而格斗！有一个女人作奖品，所有犹豫都消失了。动物醒了，那些隐藏在爱的伟大名义下的野生本能如释放的自然力一般勃发。

他不被察觉地从岩石那儿起身，朝着家的方向迈步，去安排他的命运——照他的说法。

🌿 第十二章 🌿

次日早晨大约7点，礁岛上飘荡着沉闷的寂静，因为浅滩捕鱼沦为一场失败，原因正如监管员曾说过的那样。渔民们沮丧地坐在自己的船里解网，偶尔从中捡出一只孤独的波罗的海小鲱鱼扔至岸上。

小店的拥挤消停了，赊购的势头下降了。传教者解开了他的蓝围裙，手里拿着《圣经》，将一群绝望的妇女聚到一间农舍，聚到他周围。以一种无法理解而在他这一阶层并不少见的逻辑，他谈起耶稣如何用五块面包和两条鱼喂饱了五千人。这里有大致的"适时①"，而眼下的情形，人更多，鱼更少，怎么去养活这么多人，他说不清。既然没什么帮助，他不得不试着解释为何没有出现奇迹，他在普遍的无信仰中找到了原因。如果他们有信仰，哪怕只如同一粒芥菜种子，奇迹就会重现。而信仰只能通过祈祷获得。

因此，他鼓励会众祈祷。

虽然在场的人里没有谁相信这—他们中的多数从未听说、也从未读到过的有关两条鱼的奇迹，他们模仿着重复了主祷告，还勉强开始了坚信礼的阅读。

正进行到一半，他们突然被底下码头上喧闹的嗡嗡声

---

① 适时，原文为法语 ápropos，意为适宜、及时、恰当等。

打扰了。坐得靠近窗户的人们此刻看见一条渔船刚卷起主帆到达登岸桥边。玛瑞尔小姐站在船头，苏格兰蓝帽下是她飘逸的长发；舵边坐着助理，正摆动他的帽子表示着胜利。船上满是网，穿过黑色网孔，鱼儿挨在一起鳞光闪烁。

"上这儿来吧，来拿波罗的海小鲱鱼！"女子带着胜利者的慷慨喊道。

"请让我先称量一下，而后大家就可以分鱼了。"监管员提出反对意见，他从窗户瞥见了他们的返航，所以赶来查看手下的成果。

"那是做什么用？"玛瑞尔小姐的气焰不小。

"那是为了统计，我仁慈的小姐。"监管员回答道，他丝毫未露出一点愤恨之意，因为他知道这个捕鱼结果依赖于他提供的基于水流、深度、水温及水底情形的信息。

"你和你的统计。"玛瑞尔小姐带着尖刻的厌恶取笑道。

"好吧，拿去吧，不过稍后只需让我知道总共是多少就行了。"监管员结束对话，转身离开。

"他羡慕我们！"玛瑞尔小姐和助理议论道。

"也许他嫉妒？"他说。

"那肯定不会！"姑娘反驳，声音低得像是自言自语，因而暴露了这些天藏着的、对未婚夫面对竞争对手时的巨大冷漠的愤恨，她将此看作他在吸引力上十分伤人的确信。

祷告集会中断了，岛上所有的人都围到了返回的渔船边。

"看看，所以说小姐是条真汉子！"传教者奉承着，相信自己说上了话，播下了一点纷争的种子。

"一只坐着的乌鸦，它什么也得不到。"海关主管开起玩笑。

"他是指那个躺在沙发上的！"助理对玛瑞尔小姐低语。

玛瑞尔因为表扬而自我膨胀，她用满满的双手给站在登岸桥上的人们分着鱼，这些人不知疲倦地把夸赞和祝福给予这位救助天使。

然而这并不是对引发出美好情绪的善行的致谢，而是出于逃避坦白的内在需要，他们嘲笑了监管员的捕鱼法，不肯坦白他们对监管员不公。这是对他们真正的恩人仇恨的反面，因为他们不愿在感激中对监管员鞠躬。

鱼从网里被取出并在最穷的人们中间分发，足足有十桶，叫店主立刻拿下并腌制了。钱立刻换成了咖啡、糖和啤酒。因为渔民们轻松地确信他们以后能在海上捕获自己的波罗的海小鲱鱼，玛瑞尔小姐已经把新的漂网捕鱼法都告诉他们了。

*　　*　　*

监管员走进自己的房间后，发现了一封信，是返岛的差役带来的。一封邀请函，请监管员和未婚妻赏光参加"洛基"小战舰上举行的官员舞会，战舰将在今晚8点泊于礁岛边。

他立刻意识到，让婚约终结的时候到了，因为现在将别人的情人带入社交场合介绍说是自己的未婚妻，他自然不愿。因此，他拔掉订婚戒放进一枚信封，那是头天晚上他写给官员夫人的，在那封信里，他以最深的绝望惋惜自己和玛瑞尔小姐的婚约不得不解除。因为他轻率地与一位给他生了孩子的女人建立过的关系如今带着法律索赔出现了，这份要求即便不能强迫他与原告结婚，亦有权阻止他和别人结合。作为一名绅士，他并非有意冒犯，他解释说，自己已准备协助那无辜受伤、也许被置于窘境的姑娘，同时会考虑保全她的名誉和生计。

这一杜撰在他看来是结束婚约的唯一办法，这样可以维护双方的颜面，主要还是维护姑娘的，所以必须是没法反对也无望修补的，就像宿命一般。

监管员给信封好蜡，朝勤务员吹了声口哨，把信交给他，吩咐将其送到官员夫人那儿。

而后，他点上一支烟，坐在窗边，看这颗子弹会打中什么。勤务员去送信时，老妇人正在门廊那儿站着，拍打一块床边铺的小地毯。她带着些吃惊接过信，用左手摸了摸信封，想看看里头会有什么时，变得更震惊了。接着她转身进了屋。

过了一会儿，可以看到玛瑞尔小姐的身影在餐厅的蕾丝窗帘后来来回回。她似乎正激烈地前后走动着，有时停下来挥一下手臂，仿佛要抵御抛向自己的责备。

这情形持续了约一个小时，而后她出现在门廊处，朝上头监管员的窗户抛出复仇的眼神。接着，她向着从码头返回的助理招手。

他俩都进入了农舍，消失半小时后又出现了，走进柴薪棚，从那里拿出一只箱子和一个旅行袋。

看来他们已选好了自己的立场，并且认为留在岛上是不可能的了。

片刻后，助理再次出现，这一回拿出的是他自己的旅行袋，监管员认得出，因为有黄铜扣。

就是说，甚至他也要离开了。

很快，农舍主人带着帮工前来，整个屋子似乎翻了个底朝天。

监管员借助阅读消磨时间直到中午，看见助理和玛瑞尔小姐走到门廊，开始了一场生动的对话，看起来越来越激烈，带着手势，好像在进行一场辩论。

"他们已走得很远了，这两个人，都开始吵上了！"监管员想。

下午，老妇和助理由领航船带上了一艘进港的蒸汽船。玛瑞尔小姐为何留下，他没能弄明白。也许对修复关系心存期待，也许是为了显示她的蔑视，也许是因为别的什么。

不管怎么说，她坐在窗口，因此从海关屋能看见她。她坐得最多的地方就是窗口：有时敲打窗玻璃，有时读一本书，还时不时抬起手帕盖在脸上。

晚上7点，能看见战舰正沿着兰德斯奥特航路而上，很快抛锚在诺斯滕和东礁岛之间。当战舰用汽笛对领航员发出信号时，姑娘起身奔了出去，看到底是怎么回事。当她此刻站在坡上，看见那艘因为晚会而装饰了的、华丽的船——所有舷梯上都插满旗帜，而甲板间有彩色的遮阳篷——监管员看到她被这诱人的景象吸引住了。她两手背于身后，发着呆，直到风将节日进行曲吹到了礁岛上，她的脚开始在原地移动。慢慢地，她瘦削的身体朝前弯曲，这似乎是由乐调引发的，然后一下子，她的整个身子崩了，手盖住脸，如同孩子失去了一个期待已久的游戏一般，她带着绝望冲进屋子。

监管员此刻为舞会穿戴着：黑色礼服上别好挂着自己的六枚微型骑士勋章的链子，手腕上戴着自订婚以来不曾佩戴的手镯。

收拾妥了。距离船来迎接还有一小时，因为不想被视

166

为怯懦，甚至也想测试一下控制自身情感的力量，他决定对玛瑞尔小姐做个告别性探望。到了门廊处，他弄出一阵声响，好让姑娘有时间摆好姿势，这样他也能从中明白她留下的理由及意图。

敲门后，他走了进去，发现玛瑞尔小姐正忙着针线活儿，这是他先前未曾见她做过的。她的脸显现出尴尬、后悔和谦恭，尽管仍努力摆出一副冷漠的傲慢。

"您愿意见我吗，玛瑞尔小姐，还是说我应该离开？"监管员开口道。他再次感到莫名的欲望——当她表现出女人气质朝他靠过来时，便要把她作为一个女人高高举起，高过他自己；同样地，当她带着男性的举止出现，他就会有不可遏制的欲望要将她彻底击倒在地。而在这个时刻，她显得那么美，是他这么久以来不曾见过的，所以他让步给感情，毫无抵制，敞开自己。

"我让您伤心了，玛瑞尔小姐……"

听到这柔和的声调，她立刻直起身并且厉声说道：

"可您太懦弱了，都不能亲自跟我说。"

"体谅些吧！玛瑞尔小姐！我不像您那么轻易地就能扇人耳光。而您自然也看到了，我有勇气现身，就像您有勇气见我。"

最后是含糊的试探，想知道她是否相信了他解除婚约的理由。

"您以为我怕您吗？"她问，随后穿上一针。

"我又不知道您如何接受我的解释，虽然我认为这也不会带给您难以被慰藉的忧伤。"

"难以被慰藉"这一句话里有话，似乎暗示姑娘的那位年轻安慰者，但没人有兴趣揭穿这一点，一个怕暴露嫉妒，一个焦虑地想知道他是否看见了什么。

坐着忙乎的姑娘现在抬起头端详着对手的表情，她藏不住自己看到他礼服衣襟上那么多勋章时的惊讶。带着只为掩饰羡慕的、孩子气的恶意，她冷笑道："您穿得这么好！"

"我也要去舞会！"

姑娘的脸扭曲了，扭曲得那么厉害，监管员觉得看见了她痛苦的挣扎，于是他抓住她的手，同一时刻，她迸出了一阵可怕的哭泣。当他朝她靠过来时，她将头抵在他的胸膛上，哭得浑身抽动，好像在发烧。

"真是个孩子！"监管员安慰道。

"没错，我就是个孩子！所以，你该惯着我的！"姑娘哭泣着。

"听着！人们得纵容一个孩子多久？"

"永远！"

"不！我可没听说过这个！必须有个明确的界限，放纵自己就是接近犯罪行为。"

"你什么意思？"

这下子，她跳了起来。

"你明白我的意思。我可看见了。"监管员回答道，他再次摆脱了魅惑，因为每当她变得强硬时，她也会变得丑陋。

"嫉妒，就是说！"姑娘冷笑，觉得自己逮住了他。

"不！因为嫉妒是一种不必要的怀疑，有时是谨慎的尺度；可我的担忧表明这是事实。所以，不是嫉妒！"

"因为一个男孩，一只幼崽！而你站得比他高出很多。"姑娘继续说，没考虑做解释。

"那对你来说就更不光彩了！"

"这么说，那整个故事完全是一派谎言了。"她转向一边，要逃离被侮辱打击。

"从头到尾！但我不想让你母亲伤心，让你觉得羞耻！你能理解这一番考虑吗？"

"能！可我不理解我自己！"

"这个我可以做到，要是你告诉我一些你以往的生活的话！"

"我以往的生活！你什么意思？"

"你的生活里有一个过去！那是我一直怀疑的。"

"你允许自己暗示……"

"既然我已和你的现在及过去再无瓜葛，那么……现在我得说再见了！"监管员打断了话头，因为他看见一个炮手上坡来找他。

"现在还不能离开我！"女子哀求着并抓住他的手，看着他的眼睛，带着快要溺死的眼神："别走，不然我不知道我会做出什么。"

"既然分手不可避免，为何要继续彼此折磨呢？"

"我们不会折磨彼此了！你今夜和我在一起，我们可以在分手前谈谈。我将告诉你所有你想知道的，然后，你会对我做出不同的裁判。"

从这句话里相信自己明白了一切，确定自己逃离了不幸，不再和一个他人或很多人的情妇拴在一根链条上的监管员此刻做出决定。他走到窗口，打发了炮手，说他晚一点会划着自己的船过去。

安排好了这事，他就坐在沙发上，以便让对话开始。

不过从担忧中解脱后，姑娘崩溃了，变得沉默寡言，最终是彻底的无语。彼此无话可说，将要搅起风暴下的群鸟的恐惧越发压迫着情感，厌倦对他俩做着苦脸。

监管员开始用手指翻看摆在茶几上的书籍，他看到有一本书上写着助理的名字。

"一个年轻女人的故事，我想！你读了这本书吗？"他问。

"没有，还没来得及！这本书怎么样？"

"哦，这本书有它的特殊性，因为由女性书写，倒也还真诚。"

"是这样！关于什么？"

"关于自由的爱。一位年轻科学家和一位没有偏见的姑娘订了婚，在科学家出征时，姑娘把自己献给了一位艺术家，同时，期待日后和未婚夫结婚。"

"什么？女作家对此怎么看？"

"她对此发笑，自然是。"

"呸！"姑娘说着起身去拿一瓶葡萄酒。

"为何这么说？爱情中没有所有权！此外，那未婚夫很是无趣——从书里的描绘来判断的话——至少和她在一起时。"

"我们现在也开始变得无趣了！"玛瑞尔小姐打断话头，往杯子里注满酒。

"我们现在怎么娱乐一下呢？"情人带着不会被误解的赤裸裸的微笑说道，"来，坐到我身边来。"

并没有被伴随着邀请的粗粝调子和姿态伤害，姑娘反而带着肯定的仰慕抬头看这男人，这个她先前因为他过度恭敬的举止而几乎蔑视的人。

黄昏已降，残月只抛出一道黄绿色的线条在地板上，剪出凤仙花的阴影。

穿过开着的窗户，挤进来被柔和了的第一曲华尔兹的调子"舞会皇后"，像一声责备，一声来自失乐园的问候，同时延续了希望，似乎一切还未结束。

在用极乐记忆捆住他的愿望里，在他这一边风暴般的爱的解释后，她做出了最终的特许。

第十三章

监管员在达拉岛逗留了三天之后回到东礁岩。获悉小姐已彻底离开了，再也不回来了，他感到一种无法形容的轻松，似乎空气都变得更高远而纯净了。走进自己的房间，他在打开的窗前吸烟，于记忆里走过这几天里不断变化着的感动。

午夜，他从姑娘的怀抱里挣脱，带着一定的满足感坐进小船，似乎完成了一个压迫着他的职责。就在这个时候，平衡好像首次回到了他体内。他的权利在这样的事件中受到妨碍，法律无法予以纠正，那么他必须为自己争取，只能按对手颁布的基本原则进行处理。

而后，他登上舰艇，见到了能用接受过教育的语言交谈的人，和医生探讨了专业话题，起初，他简直是陶醉了。他无须用孩子气的话压抑自己的大脑，也无须让自己表现得半愚钝，好让别人能听明白。只以微妙的意思给出暗示，就立刻被理解了。他不由得以为，三个月来，自己生活在野蛮里，这野蛮一点一点将他拉入琐事之争，将他的思想生活放在情感的和单调的生活之下，将繁殖提升为首要之事，诱惑他作为竞争者加入种马之斗，在这场争斗中，他可能是带着胜利离开的那一个。他终于理解，为何旧天主教会中将文明带到所有族群的野蛮人中去的责任者有义务

172

不成立家庭，不和女人及儿童发生关联；他理解对那些要过一种更高级的精神生活的人来说，斋戒和放弃上承载着理性意味。这也并非为了追求宁静，如隐士寻求独处，因为就像碰巧在休耕田上掉下的孤独麦粒能长出60个谷穗，要是在施肥的田里种子拥挤得足有百万，却只结出两个谷穗，那么，为获得比其他人更为富足的发展而奋斗的那个个人，就只能在沙漠中生长。

三天的经历确证了这一点，因为当他在战舰及海水浴度假地时，从这个圈子给拽到那个圈子，每晚上床时他都能体悟到在白天的奔跑里自己如何磨掉棱角，于是他就像一块宝石，在外观上有所得，在克拉上有所失。因为通常那种对人的同情心以及社交中的适应本能而引发的屈从，已将他蛊惑到如此严重的地步，他在人群里即兴产生的观点黏附在他自己身上，在记忆中出现，声称是他内在的想法。最终他厌倦了，最后一日，他觉得自己变成了一个假人，说的是一套，想的是另一套。他开始在自己面前脸红，察觉到随着增加了的、因和蔼举止而从人群里赢得的尊重，他失去了对自己的所有尊重。

为避免沉沦，他必须隔绝自己，如今重获的孤独像一场蒸汽浴或大海里的游泳作用于他的精神，在那里头，他能自由于所有压力，让一切与固定物质的联系停止，于是他决定整个冬天都留在岛上。

出于这个目的，他自己出资租下了以前女士们使用的那幢农舍，当天就住了进去。唯一的那个大房间用作图书室和实验室，其他房间作为饭厅和客厅，阁楼房间让他收拾成了卧室。

第二天在他的新家醒来，在一个无梦的睡眠后醒来，他找到了一所房子为自己独有的乐趣，在这里，他不必为他人的建议左右，不必接受其他印象，只管由着自己。

下达了下午3点前不会客的指令后，他喝了咖啡，在图书室坐下。

这会儿，他拿出了探索欧洲当代民族志的老计划，这样可以省去好多无用的旅行。此刻，他在打印好的通用函上填了个杜撰出来的名字，写了地址和职业头衔，放进贴好邮票的信封。为得到最完备的、关于身体头盖骨尺寸的记录，他向欧洲主要城市的制帽人、制棺者、衬衣和针织品制造商发函询问，在一些有代表性的国家，最常被定制的尺寸到底是多少，这样做有助于他得出想要的结论。通用函假装事关上述物品的高利润批发。此外，还有一份给欧洲大小城市的书商的通用函，主要是索要各种照片，通过邮政事先支付高价。他还从一位技师那里买下照片，为的是利用照片上的银。有了这些资料和成千张他从国外所有插图报上剪下的人像，他开启了自己的研究。

结束工作时已是午餐时间了，他出去就餐，发现有一封信给塞进了门上的信箱里。笔迹是他所熟悉的，他意识到这封信来自玛瑞尔小姐。他没打开，而是让它留在桌上、在他身边，同时急匆匆地吃了顿简单的午餐。信里不会有什么令人惬意的内容，这个他懂，因为他打破了第二天和她道别的承诺，而今不希望有任何不舒服的印象，他便将这封信放进一只抽屉，不去拆它。

午餐后睡了一小时，劳动和食物的热量消失，他发现思绪并没有转向书籍，而是一直朝着那只抽屉。他开始走来走去，成了一场激烈而使人疲劳的战斗的猎物。似乎他

174

将她灵魂的一部分锁进了那只抽屉；她在房间里，她的精神吸引力就躺在白色的信封下，信封上的红色封印如同吻痕闪亮。他看见她坐在同一张沙发上，听见她的呢喃，感觉到她的眼在暮色中闪光，他的血肉又开始燃烧了。多么愚蠢，他想，让生活的最高快感从手上溜走。假如爱是相互欺骗，为何不能让自己受骗呢！空对空！当完美的幸福不存在时，为何不能满足于那不完美的呢？

现在，他觉得他愿意爬到她那里，自欺地做她的奴隶，承认自己被打败！他其实已吓跑了竞争者，在他和她两个人之间，当他俩处于完全的结合里，就不难将她与习惯及兴趣绑在一起，最终她将不愿从别人那里得到任何娱乐。

不过恐惧也来了，这封信会剥夺他最后的希望，好过什么也没有的希望，他不想读它。他坐在实验桌边，几乎不加思索地打开一只铁质颈瓶，将信件塞进去，点燃下面的喷灯。少顷，烟从瓶颈冲了出来，烟雾一停，他用火柴点着了气体。一朵蓝黄色的小火苗燃烧了几分钟，带着一声呼啸，像蝙蝠的尖叫。

信之魂，炼金术士会这么说！烧掉了的纸浆产生出相同的碳氢氧化物，就像是活着的身体中燃烧的灵魂。碳和氢！这是一切，千篇一律！

火苗飘忽着，变小，爬入瓶颈，房间里又暗了下来！

外面的海上再次生起了云，海浪在东风前行进，撞击海岸，哀叹着、嘶鸣着；风劈着农舍的犄角，好像浪击打船头，而在这一片怨艾声中，能听见浮标在海上有韵律地喊叫，当它朗诵时，就像一个悲剧演员，带着停顿，似乎是要喘气或是让最后一个字眼在它让新字眼涌出前灭绝。是提坦的独唱，有着风暴的伴奏，一台巨大的管风琴，在那里，东风踩着风箱。

房间对他来说变得太过闷热，他拿上自己的斗篷，想走进风暴，好把不适吹散。他违背意愿地受远处小店的灯笼吸引，将自己的脚步引到了那个方向。由于漂网捕鱼回报甚丰，商店消费开始活跃，而因为黑暗的遮蔽，他可以接近那些攀谈的渔民而不被发现。

"……助手从他手上骗走了那姑娘！"老乌曼说道，"这么着，她得到了一个真男人而不是那个……"

"的确，他不像一个人该有的样子，"韦斯特曼——没结婚的那一个插话道，"因为今天他写了一百封要邮寄的信，他到底在里头煮什么、忙什么，常人弄不懂，可我按我的思路去想！我！我们得有眼睛，对于这种只管在里头忙乎的，这种人我们明白得很。"

"哦，该死的！"已婚的韦斯特曼紧接着说了一句，"让他自己酿自己的泪吧，他不至于比老瑟德隆德更糟吧，那个在礁岩上酿烈酒的家伙！这事我想我们不必插手。"

"是，单是这样，"乌曼回答，"也许可以由着他去，可我忘不了他曾想把我的网拿走，被我抓到了鳍，我可不会让他滑走，直到将他放进鱼笼……"

"没错，一个坏人，心里没上帝！"传教者总结，"就是这样！"

尽管对谢意不抱哪怕是最小的一丝幻想，监管员还是觉得十分难受，被这样彻头彻尾的敌人包围在沙漠里，而危险中最危险的，在于他们认为他是个疯子或有罪之人。他们认为他酿烈酒是为了省下一加纳五十欧尔①！他们怀疑

---

① 欧尔，瑞典硬币，一百欧尔为一瑞典克朗。2010年停止流通。

他给他们调了毒。一旦这里发生了什么不幸，他很可能被贴上罪名。要是他们用了非法渔网，他会不敢阻止，除非他不怕那或多或少的丑闻，或更糟糕的是——他们的报复。

这是一群危险的家伙，危险又愚蠢。虽然他知道，要是他请他们喝上一加纳的烈酒，陪他们喝上一杯，就立刻能让他们成为朋友，但他一点也不想这么做。他们的敌意令他自由，他们的友谊则会将他拉入他们的污秽之中。他们的仇恨只能作为他力量的信号器，而他们的热爱会中和这股力量，即使他们的精神永远不能与他的精神产生联系。这危险本身有它的快感，因为它让他的精神清醒而有弹性，给予他可以产生反作用的某样东西，可以得到锻炼。此外，这外海上野蛮人中的危险并不比他刚离开的上层圈子里的少，但那里造成真正的危险的力量更大。舰艇上的医生不认为他有病吗，那时他谈起找到一个方法的必要性，一个能对商业硫酸制造中被浪费的大量一氧化氮加以利用的方法，而在浪费的同时，人们为弥补土壤中氮的流失，又在进口昂贵的智利硝石。或者当他建议出于技术目的而对烟囱里的烟雾进行利用时，他的朋友难道没建议他在矿泉疗养地休养，在人群中逗留吗？

宁愿停留在绝对的孤独中，宁愿作为疯子混杂在红皮肤的人群当中，而不是被握有权力的原本同等的人以及无法上诉的判决判为民事死亡。

在黑暗中徘徊了一阵后，他回到自己的农舍，点亮两个房间的烛和灯，同时打开通往前厅的门，以减弱把自己锁在室内的印象。

这时他看了看手表，还不到8点。即将来临的长长的晚间和深夜让他感到害怕，因为他的大脑疲于工作，但又不足以让他安睡。风猛烈地吹打着屋角，海浪的喧嚣以及啸叫的浮标的吼声让他紧张。为摆脱这些声音的暗示，不变成这些声音的奴隶，他塞上了在德国买的"睡眠弹"，这种放进耳朵的小铁丸，能挡住每一个细小的声音，不让它们穿透进来或是被察觉。

可当他关闭了或许和外部世界最大的交流通道，他的遐想开始处于高度的工作压力之下。一份疯狂的、关于那封烧毁的信到底包含了什么的好奇，不可遏制地攫住了他，以至于他打开了曲颈瓶，想要从灰烬里读出点什么。然而，哪怕是墨迹也都已经被火毁掉，没有任何能看到的笔迹了。这下子，有一个领域为各种各样的怀疑和猜测而打开了。他忽而觉得可以通过发生的一切推断出信里写着些什么，忽而又否定，因为想起了那女人不合逻辑的思想和行动方式。

最后他终于停止了思考，明白要理性地想出答案是不可能了，于是决定不再为此担心。可他的大脑不受控制，仍兀自担心着，研磨和筛选着，直到他变得完全精疲力竭，没法入睡。随着思考器官变得软弱，低级本能给唤醒了。

愤怒于自己的灵魂无法掌控和一个脆弱肉体的搏斗，他终于脱了衣服，服用了一剂溴化钾，立刻，大脑停止了狂野的工作，遐想给扑灭了，感知被削弱了，他沉沉睡去，就好像他死了。

第十四章

　　秋已缓缓向前滑行，可在礁岛上看不出夏已迁移，因为这里没有一棵叶子会发黄的落叶树，相反，崖石上的地衣变得格外奢华且因湿气而膨胀，帚石楠和岩高兰焕发出新绿，刺柏和矮松——北国永远的绿树，因为雨水而格外新鲜，并给掸去了尘埃。

　　渔民们迁走了，因为他们的秋季劳作已经结束；沉寂返回，小店关门。木板被偷走做了烧咖啡的柴火和木匠的木料后，礼拜堂的木框架更显得裸露，以至于几乎只能看见柱子，像一座复杂的绞刑架。

　　现在传教者难得露面，因为他在成了戒酒者之后滥用了有白兰地成分的金鸡纳霜酒，出现了耳鸣、心悸的症状，多数时间在睡觉。

　　在一个月的劳作后，监管员已对情爱游戏中自己所领受的灵魂枪伤成功地实施了手术。利用碘化钾和节食，他粉碎了身体内的欲望，而当孤独的无聊抓住他时，他从硝酸铵里提取出笑气，因为很早以前他就发现，酒精中毒是廉价的，接踵而至的将是巨大的沮丧和足以让人自杀的躁狂。起初，那奇妙的一氧化二氮鼓舞了他，让他笑，但那老一套的笑声消减了他全部的伟大思想，奋斗陷入空无，他对此嘲笑，可当他发现自己坠入了那些对着他嘲笑的嘲笑者的群落里时，他觉得需要再次提升自我来对抗自身，他想念自己的悲哀和苦痛。

然而当他完全隔绝自我，把自己锁进阁楼，只允许女仆来打扫房间、送来食物时，所有夏天的记忆开始现出鬼影。他记得说过的每一句话。而今传教者在雾中岩石上所说的话也出现了，像设计好了似的。这人说出的、涉及他父亲和他自己的关系的话，与玛瑞尔小姐所谓她知道他是谁的话相对照，如今生了根、生长且变得更大。他生命中一定有什么秘密是除了他之外人尽皆知的。很快，他从传教者的行为中看到了有计划的间谍活动，那是由想迫害他的人在操弄的。平静时他并不相信，因为他很清楚，自我封闭后随之而来的第一个虚弱症状就是迫害狂躁症。人类本就是由众多元素构成的巨型电化电池，一种元素受孤立的话，很快就会失去力量。拿出软铁棒的同一时刻，铜丝感应圈会自动麻痹，而他此时正变得麻痹，因为他的铁棒已经钢化了。

没错，不过他所患的并非疾病，而是由于身体虚弱导致的迫害狂躁症，因为他确实受到了迫害，从那一刻就开始了，那一刻他在学校表示自己将是一个权威，一个物种的前身，能从同类当中突破，像不同的草本为自己招来名字那样，会招来自己的名，也许是个新属名。他被低级的下属和平庸的上级出自本能地加以迫害，后者像调整度量衡者一般坐着，决定标准，并据此评判伟大。他被仇恨、被追杀，如加那利群岛上高贵的黄色鸟，一旦飞出笼子混入森林的绿雀中，过于华丽的服饰就成了对野鸟们的挑衅。

而那份天性，他也曾有过的寻求同伴的天性，如今对

180

他来说是完全死了，因为缺少那个媒介，人。他膜拜过的大海，这个在他微不足道的国家里唯一说得上宏伟的、有小小夏屋的景观，在他的自我膨胀后，开始在他眼里显得狭窄起来。这混合了蓝色、松脂绿色和灰色的圈锁住了他，像一座监狱，那整齐划一的小风景带来牢房会带给人的同样的刺痛：缺乏印象。从这一切之中逃开，他办不到，因为他坐着，根在地里、在他小小的印象里、他的饮食里，没法连根移走。这是北欧人表达着对南方的向往的悲剧。

就是那个时候，他开始想出和其他各国相连的计划，各个岛国——因为，虽然拉普兰有一个连接桥，却不能改变状态——和欧洲大陆缺乏连接。首先得有一趟六小时抵达的快速列车到赫尔辛堡，坐蒸汽船过海峡，将丹麦首都变为北欧中心。无冰的动物园岛港口和尼奈斯港，破冰人始终在服务，导航全年无休。北部的冬眠会因此消减，冬眠所带来的六个月对各项活动的干扰，因为干扰而形成的这个国家的不稳定性的特征会有所改变。在英格兰的俄罗斯贸易可以经过斯德哥尔摩和哥德堡，卡尔十一世和十二世试图通过俄罗斯和瑞典获得波斯与印度贸易的古老计划能够实现。

瑞典将成为一个旅游国家，外国人将被吸引到这里。他想通过关闭北桥和水闸边的梅拉伦湖，把斯德哥尔摩改造成为一座盐水之滨的城市，同时打开从斯特兰格奈斯湾经博文湖去特鲁莎湾的运河系统，这样，盐水会流入船桥和新桥湾，这将改善这一带的空气状况，进而改变居民。

不过，他想起瑞典尚属于伟大的天主教会之时，直接和罗马有联系，因此算得上是欧洲的，假如宗教不会被大众抛弃，他想再次介绍我们祖先的信仰，我们被火与剑强迫放弃的信仰，而那些烈士，汉斯·布拉斯克、乌劳斯和约翰内斯·马格纽斯、尼尔斯·达奇、图若·雍松，已在历史上沾上了那么多污秽。天主教、罗马教廷、欧洲主义的第一个传布者，已在整个欧洲取得胜利。俾斯麦受挫于文化的战斗，到卡诺莎①选择了教皇作为和平仲裁官，因为他开始相信仲裁官而不是钢铁大炮。丹麦建立了天主教大教堂，而年轻的丹麦人已将他们的笔借给了这项事业。北欧的德国化，正如北部德国的德国化，只是1870年和匈人的战斗②后的一次野蛮主义的堕落，其后果表现在投向拉丁语和法语的仇恨里——表现在对法语文学的审查，表现在北德家庭政治包括异教徒监狱的路德教审讯里，还表现在普遍的智力低下。

路德主义，那是敌人！条顿文化、黑裤子里的布尔乔亚宗教、宗派的偏狭、特殊神宠论、隔离、监禁和精神死亡！

不，欧洲必须重新一体化，人之道在罗马之上，智之道在巴黎之上。

瑞典农人必须再次感到自己是世界公民，离开层次低下的自我位置，再次获得教会先前在图画和曲调里提供的美的文化的眼光；礼拜该使用罗马语言的真正圣歌，它们由诗人创作，而不是圣歌集的作者；对于这些，瑞典农人理解甚少，这么一来会唤起农人对于尚不能理解的一切的最高程度的领会。大弥撒该由真正的牧师举行祭祀仪式，

---

① 这里说的是，1870年代后期，在天主教会与德国政府之间的所谓文化斗争中，俾斯麦被迫做出重大让步，正如神圣罗马帝国皇帝亨利四世1077年到卡诺萨向教皇格列高利七世求情。

② 此处以曾入侵欧洲的匈人代指德国人，提示1870年的法德战争。

那些将生命奉献给宗教，关心灵魂而不是农业及奶业、纸牌游戏及办公室事务的牧师；于是农人的女人能得到一个灵魂的护卫者，而面对这个人，她能在忏悔时交托她的悲伤，而不是走进牧师太太的厨房，和女佣扯闲话！

随着重新引入拉丁文，每一个乌普萨拉学生的论文可以和从前一样被欧洲人阅读，每一位瑞典研究者感觉自己是处于巴黎的教皇般的指挥下的、伟大知识分子群体的一员。

他将这些和其他许多想法都写了下来，放进桌子的抽屉里，因为并没有一份报纸愿意发表它们，甚至没有什么"因为妒忌，不愿接受一项可改善国家状况的计划"的爱国者。

如今，他已得到通用函回复，阁楼房间里堆满了他收集到的欧洲民族志材料。不过现在，这一主题失去了其中的乐趣，他的灵魂真的病了，以至于他甚至不敢走出去。看见人就会唤起如此的嫌恶：只要看到一个，他就会转身。同时，渴望听到自己声音的需要也在生长，想通过和另一人的接触给生产过剩的大脑卸货，想感觉自己对他人的存在仍具有影响，并且有个伴。他有过瞬间的想法，养条狗，可要将自己灵魂和感情的沉淀物放到一只动物身上，那感觉就像是将葡萄嫁接到甲虫上，而他还从未被对于那些动物的同情心吸引过，那些肮脏而寻求食物的动物。

只有一个男人让监管员感受到一定的吸引力，就是海关屋里已婚的那个韦斯特曼，他的妻子过着坐拥二夫的日子，丈夫却浑然不觉。这个男人有诚实的外表和被唤醒的智力，通过向这个人介绍带钩的三文鱼钓绳，监管员和他成了朋友。初夏时，监管员借过书给他，还教他如何照着样子写字，可因为捕鱼启动、航运开始活跃，他们便分道扬镳了。

为了让这人放出真正的三文鱼钓绳，监管员没告诉他，那是为了三文鱼，因为要是说了，保守的渔民永远也不会理解。根据渔民的认识，那会是荒谬而不可能带来回馈的渔具。因此，韦斯特曼以为是那个新的能带来收益的鳕鱼捕捞，那绝对是他们能捕到的最大的鱼。

在一个月的隔绝后，监管员和韦斯特曼眼下一起划船出海，监管员又听见了自己的声音，他注意到，因为疏于使用，自己的音调起了变化，他还以为听到了一个陌生人在说话。现在，他陶醉于说话。他的只为手和笔而生的头脑此刻突破了喉头的闸门，所有想法如激流奔下，途上又生出新的，当他有机会对着作为回音板的、那另一个人的耳朵说话，不被打断、不被质问，对他来说，这就像面前有个理解他的听众。他们第一次出海后，他确信韦斯特曼是自己很久以来遇到的人里最智慧的一个。

至今已持续了八天，在他们的航行中，他讲述了所有自然的秘密，解释了月亮对水面的影响，警告不要相信一切眼前似乎出现了的就真的和"看起来"的一样。举个例子，比如月亮虽然看起来像球形，实际上却是梨形的，所以人们不能确信地球是球形的……

这时韦斯特曼做了个鬼脸，第一次敢于提出异议：

"是吗？可我的年历上反正是这么写的。"

监管员听出自己走得太远，必须掉头，可已经太晚了。因为要说明最新的关于地球是个三轴椭圆体的发现，要求听众必须具备这方面的知识，因此他跳到了另一个话题上。他谈起蜃景，利用这个机会询问，他们是否去过剑岛，并看到他在那里所做的一切。

"我们当然看到那里被破坏了，不过没人再上去了，拖网和牧羊的草地都浪费了。"韦斯特曼回答，说得十分自信。

在这番坦白之后，监管员返航了，他为自己是个幻觉受害者而感到惭愧，本以为他的听众会明白他所说的。他和一堵墙说了话，并把自己的回声当成了别人的嗓音。

* * *

八天后，岛上掀起一阵极大的骚动，因为韦斯特曼捕获了一条26碗磅重的三文鱼。鉴于他认为自己是这捕鱼法的发明者，很快便有一篇关于新的海岛经济生活资源的短消息发表在了报纸上，毕竟波罗的海小鲱鱼开始减少。来自海关小屋的快乐渔民埃瑞克·韦斯特曼，因此让他自己赢得了同胞们的尊敬和感激……

紧接着，周报上出现了诽谤性文章，说渔业监管员什么都不懂，却相信自己能教授一切。

一封农业科学院发给监管员的文书接踵而至，要求监管员递交一份详细的渔业报告，特别是关于三文鱼的捕捞，对此，监管员只是以提交辞呈作为答复。

再也没了对人的兴趣，也没了先前的职位给他的微弱帮助，他很快明白，知道他已解职的野人们开始了对抗和消灭他的全面战争。首先，他们松开他的船，假装登岸桥没了空位，船漂到岸上，被撞散了。

接下来的雨季里，他注意到雨水渗进了阁楼的房间。他向乌曼抱怨之后，雨水甚至渗到了其他房间，而他没发现屋瓦出了什么问题。

不久后的一天夜里，他的地窖失窃，侵入者被说成艾斯托尼亚人。

想赶走他的目的是再明显不过的了，然而对抗让他开心，他没作任何进一步的评论，而是承受一切。

而今，当他被真正的敌人包围、果真脱离社会时，被驱逐的恐惧带着双倍的压力侵袭着他。

夜里他睡得很糟糕，尽管为了让自己睡踏实，他在睡前给了自己强烈的暗示。可当他醒来时，他已梦见过自己是开始松动而啸叫的浮标，不断在漂荡，想找寻一个能爬上去的海滩。在睡梦中，他下意识地依靠着床板，好感觉与某样东西有联系，即便那是无生命的。有时，他梦见自己飘在空中，不能上也不能下，当他终于在昏厥后清醒时，他抓着自己的枕头。如今有关他故去的母亲的记忆又出现了。在梦见自己像个孩子一样靠近了她的胸膛之后，他会时常醒来。灵魂显然处于衰退之中，关于母亲–起源的记忆——潜意识生活和意识生活、安慰者和代祷者的连接——走上前来。儿时的、在另一世界重逢的念头又出现了，他的第一个自杀计划表达出一个不可遏制的渴望，想在另一世界的某个地方再次找到母亲，尽管他并不相信这些。

所有的科学对于一个走下坡路的、对生活失去兴趣的精神都无助。头脑斗争了，直至疲倦，想象劳作了，而没有调节器。

他还是坚持到了圣诞节前夕，可他吃得很少，夜晚只能使用乙醚。整个生活让他感到恶心，他如今对着过去的奋斗发笑。雨水摧毁了他的书和报，实验器材发了铜绿、生了锈。

对于自我的关怀减少了，所以胡子拉碴，蓬头垢面。他已好久没把内衫送去清洗了，他也失去了看见灰尘的能力。

衣服少了扣子，外衣前襟总是斑斑点点，因为握刀叉的手已不再听使唤。

他有时外出，会碰上孩子们，他们对他做鬼脸，喊他的绰号。

一天早晨，他的周围是一群孩子。他们拉他的大衣，他一转身，一块石头扔了过来，正打中他的下巴，血在流淌。他倒在地上哭泣，求他们别跟他捣蛋。

"没错，你得滚开，你，疯子，"一个12岁的男孩喊了起来，"不然我们把你弄到济贫所。"

就这样，他们一起扔石子。不过随后乌曼的女仆跑了出来，揪住了男孩的头发。弄走了男孩，她走到被袭击的那个人身边，用围裙擦去他脸上的血。

"可怜的人！"她说。

他于是将头抵在她丰满的胸脯上，说：

"我想睡在你身边。"

"哦，不要脸的！"女仆骂着，从自己身边推开他。

他回答："你想得多粗鄙啊！呸！"

几天后的一个晚上，韦斯特曼的女仆跑来求博士去看看他垂死的妻子。这请求对监管员来说有些意外。在伴随疾病间隙期而来的光明时刻里，他认为这里发生了一起谋杀案，他们想利用他的名字和头衔，而不是采用合法的医学检验。对这事他无动于衷，可这事也让他清醒了片刻。是发生了什么了，那不寻常的已给出长期缺少了的印象。

他因此来到海关小屋，两兄弟客气地将他领进病人房间，这让监管员愈发生疑。不过，他什么也没说，什么也没问，因为他想压迫出一个黑暗的自白，需要那位丈夫先开口，那人肯定在说出第一个字眼时就会背叛自己。

牛油蜡烛边坐着那孩子，正在吃一块番红花面包，吃得勉强。她给穿上了最好的衣服，可能是需要显得庄重，不过看得出，这是一种被迫的举动。

监管员在房间内环顾一周后，注意到未婚的那个韦斯特曼悄悄溜出去了，监管员走到女人躺着的床前。

他立刻看出她死了。从脸颊上收缩的肌肉来看，他断定她遭受了某种暴力；而当他注意到她头顶的头发被仔细梳理过时，他立刻明白，这是用了一种老办法施行的谋杀——钉子。

可他希望那男人先开口，带着半张开的嘴唇和询问的眼神，似乎要问什么，他转向了韦斯特曼。那人立即做出一种防卫的姿态，因为觉得不需要对一个疯子耍滑头，于是他说：

"博士肯定可以作证她死了，我们好立刻埋了她。因为我们穷人没钱请什么医生。"

不需要更多信息来确保他的判断了。然而，他没有回答，而是转头对着那个行事之后完全平静了的男人，低声问：

"锤子在哪儿？"

起初，男人后退了两步，似乎想掐死对手，可还是解除了武装，朝女孩看了一眼，而后站在那里直发抖。

"他不知道锤子在哪儿，但我知道钉子钉在哪儿！"监管员此刻仍以一种不变的平静说道："过分理智的驴子不会发明新的什么的，而会像孩子躲猫猫一样总藏在一个地方。我确信这头顶上的钉子是由一个贵族或牧师在中世纪发明的，如今落到低级阶层那里，作为人之狡猾的一个证明给挖出来了。一切都从上而来，三文鱼、砒霜、钉子、过失开枪、革命、个人自由、经济福祉、民谣、民间传说、农人历书、人类学博物馆，但首先是被偷盗的，因为你们，暴徒，宁愿偷而不是作为礼物去领取，因为你们太卑鄙而不愿致谢。因此你们把恩人放进疯人院，把贵族送上绞刑架。如今要把我投进疯人院，好让自己逃离监狱！"

往下走向自己的农舍，他感到说出心中所想的快乐引诱他做出了这个鲁莽的举动，而因为了解人性，他知道对抗一个危险证人所做的自我防卫可能会让谋杀者决定让证人沉默。因此他在夜里睡觉时，在床上放了一把左轮手枪，同时也做了个让他惊醒的噩梦。

第二天，他仍将自己锁在室内，看见海关屋窗户那儿挂起了白床单。第三天，尸体给抬到了一条船上；第四天，男人回来了。他再也睡不着了，失眠完成了摧毁他的工作。担心发疯，担心给关进疯人院，混杂着对于随时会被谋杀的恐惧，坚定了他自愿步出生命的决定。现在，当死亡逼近，在生命和家族的结尾，在这荒凉里站着，似乎是族群本能冲了出来，表达着拥有一个孩子的渴望。可要走完一整条陈腐的道路而找寻一个女人，通过家庭将自己与地球和社会捆绑，是他比任何时候都更反对的。在虚弱而撕裂的情况下，他推测出一个较短的途径，这将带给他拥有家族的乐趣，哪怕只有几小时。

以一种几个月前会让他的美好感知十分反感的转弯抹角的方式，他在等了一阵子之后，入手了人的种子，而后在显微镜下建立了一个孵化器①，可将温度设定在36℃至40℃。受孕发生后，他看见雄的如何群集在一动不动的雌的身边，他相信自己脸红了。如今，他们在给家族提供推动力的战斗中彼此拥挤、推搡、抽打，繁殖他的天资，在一个强大而野性的基础上嫁接他丰富而多产的精神。但并不是那些粗糙的有着大大的笨脑袋和厚尾巴的，而是那些最快、最敏捷、最火热的，能率先穿透薄膜以挤入细胞核的。

酒精灯的螺丝在大拇指下，一只眼睛盯着温度计，他观察这一没有面纱的爱的神秘，观察了几小时。看到细胞是如何开始分裂，不同胚层间的分工已经发生，他不安地等待着髓管的前端膨胀成一个泡，这将构成大脑；梦想着看到这思想的锻造能精美地拱起，他对自己的创造感到片刻的骄傲，好似解决了霍蒙库鲁斯的问题，这时，随着酒精灯螺丝移动，蛋白凝固，生命的火花被熄灭了。

在这些时刻，他如此强烈地生活了别的生命的日子，现在，当他看见玻璃上虚白而圆圆的斑点，这对他来说，就好像看见了死亡的沉沦的眼睛。在他病态的感官中，苦痛放大为哀伤，对他的死孩子的哀伤。这个和将来之间的连接切断了，他再也没力气重做。

当他醒来并恢复了意识，他觉得一只有力而温暖的手抓住了他的右手，他想起自己做了个梦，他是被扔到海浪上的、天和水之间搁浅的船只，直到他终于感受到锚链拉着，感觉到平静，似乎再次被绑到了坚实的地球上。

没抬头，他压住那把坚实的手好感觉和活着的生物的

---

① 原文为法语 couveuse，意为孵化器。

联系，他认为自己察觉到一份力量如何转换到他这里，通过脆弱的神经连接到那个更强的。

"他这是怎么了？"他听见自己头顶上传教者的声音。

"假如你是个女人，我还能活过来，因为女人是男人在世上的根。"病人回答，第一次用"你"来称呼他的老同学。

"谢天谢地，你失去了那腐烂的根！"

"没有根，我们没法生长开花。"

"不过和这么个女人，博毅！"

"这么个？你知道她是谁？我可从未知道。"

"没错，那么你只需要知道她是男人都不会娶的这么一个。而现在她反正是订婚了……"

"和他？"

"和他！登在昨天的报纸上。"

沉默了片刻，传教者起身要走，可那病着的人死死地抓着他。

"给我讲个童话！"他用孩子气的感人的声音说。

"嗯，一个童话？"

"没错，一个童话！比如说《小拇指》。就这样，我求你！"

传教者又坐了下来，见病人那么热切，他要让病人如意，就讲述起来。

监管员以最大的注意力倾听着。可当传教者出于习惯开始进行一些道德说教时，他就会被病人打断，要他专注于故事本身。

"听过去的童话真好，"他说，"就像休息，沉降到最美好的记忆中，那时，人还是个小动物，喜欢那些无用、荒

191

谬而无意义的。现在，替我诵读主的祷告！"

"你明明不信主的祷告？"

"不信，除了在童话里。不过，这到底还是不错的。而当死亡逼近时，人又会往回走，喜欢那些旧的，并且变得保守。诵读主的祷告。要是你读了，你就能得到我的遗产，还能收回你的欠条。"

传教者犹豫片刻，继而开始诵读。

病人起初静静地听着，而后他的嘴唇跟着声音蠕动，最后，他表达得清晰，并且是以祈祷的语调。

结束祷告后，传教者说：

"祈祷是有益的，我相信。"

"就像是药。字眼，这些老字眼，唤起了记忆，给予了力量，是和往昔给予失去自我、在身外寻找上帝的人的同样的力量。你知道上帝是什么？是阿基米德向往的外面的固定点，借此能托起地球的那个支撑点。这是想象中的地球内的磁铁，没有它，磁针运动将无法解释。这是乙醚，必须给发明出来，好填满那空着的空间。这是分子，若没有它，化学定律就会是奇迹。再给我一点假设，特别是给我一个在我外头的固定点，因为我是完全不固定的。"

"你希望我谈谈耶稣吗？"传教者问，他相信病人是发了狂。

"不，呸，不说耶稣！这要么是一则童话，要么是一个假设。这是复仇的奴隶和邪恶女人的发明，是软体动物的上帝对脊椎动物的……不过，等等，我明明也是软体动物。说说耶稣！说说他怎么跟海关下属和妓女相处的，像我经历的；说说那些精神贫困的人如何坐在天堂里，而他们并未在世间主导过什么；他如何教不诚实的房客写假欠条，

192

教工匠浪费时间，还教一无所有的乞丐、游手好闲者和浪子，以及那些拥有什么的、勤勉的人生活在公有制之下……"

"不，你这个亵渎者，我可不会为了你像傻瓜一样坐着！"传教者打断他，真的站起身。

"别走！别走，"病人喊叫，"抓住我的手，让我听见你的声音。跟我说说，你爱说什么就说什么！读！读历书或《圣经》，对我都一样！虚空恐惧①，对那空无的恐惧，必须消除！"

"你觉得你怕死吗，你？"

"我当然怕，和其他活着的人一样，没有对死亡有过恐惧的，都是不曾活过的；而审判，你看，我不怕，因为通过查看物件，被裁判的是制造者，我可没造出我自己。"

传教者已经走了。

*　　*　　*

这是圣诞夜的前一天，一个暴风夜之后，在这天夜里，他以为听见了大炮的轰鸣以及人们的哭喊，便走出去徘徊在新落的雪上。天空黑蓝就像铁皮，海浪击打海岸，而啸叫的浮标用一种单调而不间断的号叫哭喊着，仿佛在呼求帮助。

此刻，他看见大海东南方暗礁上有一艘黑色蒸汽船，朱色的底子闪亮如血红而撕裂的胸脯。带白环的烟囱断了，倒向一边，桅杆和横桁上挂着黑色的东西，像钩上的蚯蚓在蠕动。

从裂开的船中央能看见海浪如何撕开箱子、包裹、货

---

① 虚空恐惧，原文为拉丁语 Horror vacui。

物，沉下最重的；抬起最轻的到岸上。

以一个认为死去是幸运的人自然会有的、对沉船命运的无动于衷，他走到海边，一直走到岬角，那个有石冢和十字架矗立的地方。那里的海浪比别处的更狂暴，他看见绿色水面上撒满形状和颜色都很奇特的东西，其上，海鸥带着恶意的喊叫在盘旋，似乎在对猎物的贪婪等待中被欺骗了。

于是他察看了那些越来越近的奇怪玩意儿，发现他们特别像小孩，且穿戴得很好。有的额头有金色刘海，有的是黑色刘海，他们的脸颊呈玫红或雪白色，他们巨大而睁开的蓝眼睛，往上盯着黑色的天，不动也不眨。当他们靠近海滩，他注意到，在海浪上翻滚时，他们中的一些人眼睛动了，似乎是给他一个信号，他应该去援救他们。在下一个浪里，有五个被抛到了岸上。

他柔软的脑子里想拥有孩子的执念是那么根深蒂固，以至于他没有意识到：他们只是搁浅的船原本打算带往圣诞市场的玩偶。以至于他臂弯里满是大海这位伟大母亲送给他的小小的流浪儿。他将潮湿的被保护者压在胸膛上，匆忙跑回农舍好把他们弄干。可因为人们说没有木柴好卖给他，他没什么能用来生火的。他自己不觉得冷，但他小小的圣诞客人们得取暖。因此，他将一架书撕成碎片，在大壁炉里生起火，拉开沙发，将那五个小家伙在火焰前摆成一排。后来他意识到，不给他们脱掉衣服他们干不了，他开始给他们更衣，可当他看见他们全都是女孩时，又将她们的小衬衣给留下了。

现在，他用海绵给她们擦洗手脚，梳了头，穿好，让她们睡了。

似乎他在农舍有了客人，他轻手轻脚，以免弄醒她们。

他找到了活着的目的，某一个值得珍惜的、将自己的同情心投射而去的目的。他朝这些睡着的小家伙看了一会儿，看见她们睁着眼睛躺着，他想光线兴许会刺眼，因此放下了卷式窗帘。

暮色进入房间，他有了因饥饿引起的沉沉睡意，虽然他这会儿无法将这种感觉的原因摆在正确的地方，因此觉察不出自己什么时候是饿了，什么时候是渴了。沙发让小家伙们占用了，他于是躺在地上，并且睡着了。

他醒来时，屋里很暗，门却开着，一个女人站在门槛上，手里提着灯。

"上帝啊，他睡在地板上，"听见乌曼的女仆喊着，"可是，亲爱的先生，他不知道今天是圣诞前夜吗？"

他睡了一天一夜，已到了第二天的下午。

他下意识地站起身，感觉像是缺失了什么，因为海关男人下去将海滩上的东西给收了，可他想不起来到底缺失了什么，只感到一个巨大悲痛下的可怕空洞。

"现在他得去乌曼家，吃上一口圣诞节的牛奶粥，因为他到底是圣诞夜的基督徒啊。哦，上帝啊，这么悲惨的事！"

姑娘开始哭泣。

"看见一个人就这么毁了，人自然是要哭出血来的……来吧，来吧！"

半癫的人只做了个手势表示自己会去，让姑娘先走。

她走了以后，他在房里逗留了一会儿，拿起那只留下的灯走到镜子前。看见自己的脸像个野人似的，他的理解力给点亮了，他的意愿开始做最后的努力。

留下灯，他走了出去。

风转成了西向，也弱了些，空气清澈，星空闪烁。被农舍的光指引着，他走向码头，潜入一间船屋，弄出一条帆船。

升帆后，他扔开系留索，抓住舵，保持顺风，径直出海了。

他先转向，再一次看了看自己最后受苦的这地球上的一小片，当他看见海关屋窗户的三臂牛油蜡烛，那里谋杀者正在庆祝基督的生日时——基督，宽恕者、所有罪犯和坏蛋的偶像，准许了所有民法要处罚的一切邪恶——他转头，啐上一口，拉起帆角索，使用全帆。背对陆地，他在伟大的星空图下掌着舵，通过一颗星星来指示方位，这颗二等星处于天琴和东边的北冕之间。他觉得它比任何别的星星都亮，他在记忆中搜寻，闪出某颗圣诞星，伯利恒的指导星，往那里，三个被黜的国王作为跌落了的伟人去朝圣，在那个后来被称为所有小人物的上帝的那小小人子的身上膜拜他们自己的伟大……不，不会是那一颗，因为，作为对那些基督教的魔法师们将黑暗传布到地球的一个惩罚，天堂的拱门上没有哪怕一个亮点会携带他们中任何一位的名字，因此他们拥抱了一年中最黑暗的时候——那么崇高的荒谬！——来点上一卷细蜡烛！现在，他的记忆又明亮起来——是赫拉克勒斯星座的 β 星①。赫拉克勒斯！赫拉的道德理想，力量和智慧之神，杀死了百头②怪蛇海德拉，清洗了奥革阿斯的牲口圈，制伏了狄俄墨得斯的食人

---

① 赫拉克勒斯星座的 β 星，中文名称是天市右垣一。
② 作家写的是百头。关于怪蛇，有九头以及百头等版本。最常见的是九头。

马，扯下了亚马逊女王的腰带，把塞勒布斯带出了地狱，最终落入了一个女人的愚蠢，她为理想中的爱毒死了他，在他疯狂地服务了仙女翁法勒三年之后……

出去，朝着那至少是提于天上的，从不让自己的脸遭抽打、受唾弃，而是像男人那样去抽打与唾弃的；朝着那个自焚者、那个只能因自己强壮的手而倒下，而不是从圣餐杯里祈求怜悯的；朝着赫拉克勒斯，那个解放了给予光明的普罗米修斯的，本是一个神和一个女人的儿子，而后让野蛮人伪造成处女之子，他的出生被喝奶的牧羊人及嘶叫的驴子问候。

出去，朝着那新的圣诞星继续旅程，朝着大海，一切的母亲——是从她的子宫、生命的第一个火花得以点燃；生殖的、情爱的用之不竭的泉，生命的起源和生命的敌人。

译后记

北欧文学界的老前辈、著名学者和文学翻译家石琴娥老师主编中国国际广播出版社有限公司前无古人的大型项目"北欧文学译丛",嘱我译一本斯特林堡的作品,须是中篇,须是小说,须是首次译为中文。最终,定为眼下这一本需要耐心和专注才可慢慢消化的作品。关于作品本身,代序里已有解说,不再赘述。

动笔翻译后,全球新冠疫情暴发,世人陷入共同而又分隔着的巨大孤独。斯特林堡在这部小说里表达的对于生命的精神的理解,更能让我产生共鸣、受到鼓舞。如今,本书即将付梓,而全球也将走出大疫情时代,可叹可喜,人与人终于又可以拥抱彼此了。

感佩石琴娥老师在朝枚之年壮心不已地倾注心血于北欧文学事业。

感谢所有工作人员的辛劳和匠心。也感念我的友人马青锋、王杨、王玮、李玉瑶、宋阿曼女士对北欧文学以及我本人的一贯支持。

王晔
2022年2月修订于瑞典马尔默

"北欧文学译丛"已出版书目

（按出版顺序依次列出）

[挪威]《神秘》（克努特·汉姆生 著 石琴娥 译）

[丹麦]《慢性天真》（克劳斯·里夫比耶 著 王宇辰 于琦 译）

[瑞典]《屋顶上星光闪烁》（乔安娜·瑟戴尔 著 王梦达 译）

[丹麦]《关于同一个男人简单生活的想象》（海勒·海勒 著 郗旌辰 译）

[冰岛]《夜逝之时》（弗丽达·奥·西古尔达蒂尔 著 张欣彧 译）

[丹麦]《短工》（汉斯·基尔克 著 周永铭 译）

[挪威]《在我焚毁之前》（高乌特·海伊沃尔 著 邹雯燕 译）

[丹麦]《童年的街道》（图凡·狄特莱夫森 著 周一云 译）

[挪威]《冰宫》（塔尔耶·韦索斯 著 张莹冰 译）

[丹麦]《国王之败》（约翰纳斯·威尔海姆·延森 著 京不特 译）

[瑞典]《把孩子抱回家》（希拉·瑙曼 著 徐昕 译）

［瑞典］《独自绽放》（奥萨·林德堡 著 王梦达 译）

［芬兰］《最后的旅程：芬兰短篇小说选集》（阿历克西斯·基维 明娜·康特 等著 余志远 译）

［丹麦］《第七带》（斯文·欧·麦森 著 郗旌辰 译）

［挪威］《神之子》（拉斯·彼得·斯维恩 著 邹雯燕 译）

［芬兰］《牧师的女儿》（尤哈尼·阿霍 著 倪晓京 译）

［瑞典］《幸运派尔的旅行》（奥古斯特·斯特林堡 著 张可 译）

［芬兰］《四道口》（汤米·基诺宁 著 李颖 王紫轩 覃芝榕 译）

［瑞典］《荨麻开花》（哈里·马丁松 著 斯文 石琴娥 译）

［丹麦］《露卡》（耶斯·克里斯汀·格鲁达尔 著 任智群 译）

［瑞典］《在遥远的礁岛链上》（奥古斯特·斯特林堡 著 王晔 译）

图书在版编目（CIP）数据

在遥远的礁岛链上 /（瑞典）奥古斯特·斯特林堡著；王晔译. —北京：中国国际广播出版社，2022.4（2024.1重印）
（北欧文学译丛）
ISBN 978-7-5078-4781-9

Ⅰ.①在… Ⅱ.①奥… ②王… Ⅲ.①长篇小说－瑞典－现代 Ⅳ.① I532.45

中国版本图书馆CIP数据核字（2020）第238826号

在遥远的礁岛链上

总 策 划	张宇清　田利平
策　　划	张娟平　凭　林
著　　者	［瑞典］奥古斯特·斯特林堡
译　　者	王　晔
责任编辑	笈学婧
校　　对	张　娜
封面设计	赵冰波

出版发行	中国国际广播出版社有限公司［010-89508207（传真）］
社　　址	北京市丰台区榴乡路88号石榴中心2号楼1701
	邮编：100079
印　　刷	天津鑫恒彩印刷有限公司

开　　本	880×1230　1/32
字　　数	150千字
印　　张	7.25
版　　次	2022 年 5 月 北京第一版
印　　次	2024 年 1 月 第二次印刷
定　　价	56.00元